इतना तो मैं समझ गया हूँ

इतना तो मैं समझ गया हूँ

दीपक रमोला

वाणी प्रकाशन

वाणी प्रकाशन

4695, 21-ए, दरियागंज, नयी दिल्ली 110 002

फ़ोन : +91 11 23273167 फ़ैक्स : +91 11 23275710

शाखाएँ

अशोक राजपथ, पटना 800 004, बिहार

कॉफ़ी हाउस कैम्पस, महात्मा गांधी मार्ग, इलाहाबाद 211 001, उत्तर प्रदेश

महात्मा गांधी अन्तरराष्ट्रीय हिन्दी विश्वविद्यालय, वर्धा 442 001, महाराष्ट्र

सुल्तानिया रोड, मोतिया पार्क, भोपाल 462 001, मध्य प्रदेश

www.vaniprakashan.in
marketing@vaniprakashan.in
sales@vaniprakashan.in

ITNA TOH MAIN SAMAJH GAYA HOON
by Deepak Ramola

ISBN : 978-93-87648-47-0
Poetry

प्रथम संस्करण 2018
दूसरा संस्करण 2019

मूल्य : ₹ 299

Illustrations : Neerav Doshi

सिटी प्रेस, दिल्ली-110 095 में मुद्रित

वाणी प्रकाशन का लोगो मक़बूल फ़िदा हुसेन की कूची से
Vani Prakashan's signature motif is created by artist Maqbool Fida Husain

अनुक्रम

टिक नहीं पाया
वक़्त की गहरी खाई में
वो धड़कता, मुस्कुराता पुल
जा समाया
वो दो दिलों को जो
जोड़ सकता था
जोड़ नहीं पाया

अनुभूति

मैं साहिल छोड़कर कर जा रहा हूँ
मैं समन्दरों को अपना रहा हूँ
मैं लहरों से रिश्तों की चाह में
तूफ़ानों को भी गले लगा रहा हूँ

ये इश्क़ जो दरिया से मैंने कर लिया है
एक सुनहरा सूरज अपने
अन्दर भर लिया है
अब सवेरा-ही-सवेरा होगा
कश्ती शाम की जहाँ भी रुकेगी
रात किसी मेहमान की तरह
ठहरकर चली जायेगी

मैं बीच दरिया में अपने किनारे पा रहा हूँ
मैं अपनी गहराई तलाश करके
चेहरे पर अपने सजा रहा हूँ
मैं दुनिया में फिर से समा रहा हूँ
मैं जो नहीं था वो सब भुला रहा हूँ
मैं साहिल छोड़कर जा रहा हूँ
मैं समन्दरों को अपना रहा हूँ
मैं लहरों से रिश्तों की चाह में
तूफ़ानों को भी गले लगा रहा हूँ।

आईने का आदमी

जब आईने में ख़ुद को देखता हूँ
तो एक अलग शख़्स से मुलाक़ात होती है
ख़ामोश निगाहों के ज़रिए
कुछ बातचीत होती है

वो किसी अपने की तरह मेरी कमियाँ बताता है
और प्यार से बड़े, गलतियों पर डाँट लगाता है
करता है तारीफ़ कारनामों पर
और खोए हुए मुझको मुझसे मिलाता है

सोचता हूँ इस आदमी से दोस्ती कर लूँ
हर गुनाह सामने इसके क़बूल कर लूँ

ये मेरे कल का मैं हूँ
या मेरे अब का मैं
या मेरे आने वाले कल की बुनियाद रखने वाला
मेरी फ़िक्र करने वाला
मैं ही मैं हूँ

एक बात बड़ी दिलचस्प है इस शख़्स के बारे में
मिलते हैं जवाब सारे इसकी किताबों में
यूँ तो है इसमें ताक़त मेरी कश्तियाँ डुबोने की
पर हर बार सोचता है मुझे ले जाने की किनारों पर

वैसे ग़म को कम
और ख़ुशियों को दुगना यही करता है
ज़माने से भागूँ
तो यही आकर मिलता है
घबराती हथेलियों को थामकर फिर
मुड़कर लड़ने की हिम्मत जगाता है
आईने में देखता हूँ तो
एक अलग शख़्स नज़र आता है

अगले जनम

मुझे ग़म ज़रा भी नहीं
इस बात का
कि इस जनम
हम साथ जी ना सके
बल्कि हुई है मदद बहुत
तुम्हें समझने में
इस मरतबा

तुम्हें क्या पसन्द है
क्या नहीं
लाल रंग में क्यूँ दिलचस्पी है
नीले में क्यूँ नहीं
देखती हो डूबते सूरज को रोज़
बिना भूले
सब काम छोड़कर
एकटक
झीनी-सी मुस्कुराहट चेहरे पर लिये
ज़ाती कुछ राबता था तुम्हारा उससे
इतना तो मैं समझ गया हूँ
पढ़ा था तुम्हारी ही डायरी में मैंने एक बार
हर अलविदा को ऐतबार और प्यार से निभाना चाहिए
ना जाने कौन-सी रात रुख़सत हो जाये

बदन से रूह
सूरज से अगली सुबह मिलने का मौक़ा ही ना मिले

तुम्हारी आदत थी
वो एक शब्द बार-बार कहने की
तुम "that's right" कहती थीं हर बात के आगे
हर बात के पीछे
जन्मदिन पर अगली बार
मैं माँग लूँगा ख़ुदा से तोहफ़ा
"that's right" बनकर ही जन्मूँगा
इसी बहाने
लफ़्ज़ बनकर लबों पर रहूँगा तुम्हारे
आख़िरी साँस तक

ये उम्र निकल गयी
दलीलों में
शिकायतों में
तुम्हें पाने में
गँवाने में
मानो होमवर्क था किसी बड़े एग्जाम से पहले का
ये जनम अच्छा हुआ जो निपट गया
आयेगा इश्क़ का इम्तहान अगले जनम जब
मैं अव्वल नम्बरों से पास हो जाऊँगा
मैं तुम्हें 100 में से 100 पूरा जीत जाऊँगा
अगले जनम...

आज फिर

आज फिर ख़ूब पी मैंने
मुश्किलें, नाकामियाँ, झिड़कियाँ
घूँट-घूँट कर गले से उतार लीं सभी
कुछ जानी-पहचानी थीं तो फ़र्क़ नहीं पड़ा
जो नयी थीं
वो कड़वी बहुत लगीं
बच गयी जो दलीलों में
शिकायतों की नारंगी
वो बोतलों में भरकर
कन्धे के झोले में खोंस दी

झोला शाम तक भारी-सा हो गया है
ज़ख़्मी ख़्वाबों, पैनी हक़ीक़तों और कड़वे सच से भरी बोतलें
खड़खड़ाती हैं आपस में
तो लगता है मानो हँस रही हों मुझ पर

घर पहुँचता हूँ तो
रात के खूँटे पर टाँगकर दिन का झोला
छपाक से गिरता हूँ

कल सुबह जब होश में आकर
दोबारा निकलूँगा फ़तह करने ज़िन्दगी
तो झोला कहाँ लटकाया था कल का

याद भी ना रहेगा
मेज़ पर पड़ा चाबियों का छल्ला जिससे
ताज़ी मुस्कानें बाँधता हूँ रोज़
उसे उठाकर चल दूँगा
हार का झोला मिले ना मिले
ख़ुशियों की चाबी खोने नहीं दूँगा

आज़ादी

आज़ादी–
तो भीड़ में आशिक़ को देखते ही
दौड़कर गले लगती है
रोज़ सुबह लाल से रिबन में
चोटियों में बँधती है
आज़ादी तो पीतल के बड़े थाल पर
हथौड़ी से बजकर
छुट्टी का ऐलान करती है
आज़ादी माँ की गोद में
बच्चों को जवान करती है।

आँसू

माना तुम्हारे दिल को
पिघलाने के लिए काफ़ी ना सही
पर मेरे ये आँसू बेकार
बेज़ार नहीं

बूँदों से बरसते हैं
कोहसारों से बहते हैं
तुम्हारे बिना कितने मौसम इन्होंने
तन्हा ही देखे हैं

ये आँसू ज़ेवर हो गये हैं
आँखों के मेरे
खलते नहीं अब सजते हैं
जुदाई के जश्न का तोहफ़ा भी अजीब दे गयीं तुम
आँखें लाल और सूखे होंठ रहते हैं

महफूज है मेरी पलकों में इन्तज़ार तुम्हारा
किसी ख़ज़ाने की तरह
इसीलिए मैं आँसू नहीं पोंछता
सोचता हूँ
भाप बनकर उड़ेंगे जो पानी के ये क़तरे
तो बादल बनेंगे
तुम दूर तक इन्हें पसरा हुआ देखोगी

ये देर तक तुम पर बरसेंगे
मेरी याद दिलाएँगे
मेरे काम आएँगे

उड़ेगी ख़ुशबू मिट्टी से पहली बारिश की
तो तुम्हें अहसास होगा
है उसमें महक मेरे सब्र, मेरी आरज़ू
मेरे इश्क़ की कहीं
माना तुम्हारे दिल को
पिघलाने के लिए काफ़ी ना सही
पर मेरे ये आँसू बेकार
बेज़ार नहीं

इजाज़त

काश कभी आँख मसलते हुए
सुबह जब दरवाज़ा खोलूँ
तो दहलीज़ के उस तरफ़
खड़ा हो दूसरा मुल्क
ना दरारें
ना दीवारें
ना सन्नाटा
ना शिकायतें
बस इजाज़त एक कमरे से दूसरे कमरे तक जाने की

हो अगर ऐसा तो
ड्योढ़ी पर
कीलों से 'स्वागतम्' की तोरन बाँधूँगा
दो दिये उस तरफ़
दो दिये इस तरफ़ जलाऊँगा
दीदी से कहकर आँगन में रंगोली बनेगी
दीवारों पर हल्दी के हाथों की छाप लगेगी
उफ़! कितना काम होगा
रसोई में मिठाइयाँ भी तो बननी हैं
बहुत चख लीं गुझिया इस बरस
अभी सिवइयाँ भी तो खानी हैं

ना रोक
ना टोक
ना सज़ा
ना बोझ
बस इजाज़त एक कमरे से दूसरे कमरे तक जाने की

एक पैर पर दूजा पैर

एक पैर पर दूजा पैर चढ़ाकर सोना
एक बाँह की सुरंग से
दूसरी बाँह की सुरंग बनाना
हल्की-सी आहट होने पर
तुम्हारी पलकों का करवट लेना
कभी अलसाये पीपल-सा
मेरे काँधे पर हाथ ज़रा वो मल देना

कभी उठाकर दोनों होंठ हवा में
ऊँट की माफिक़
घण्टों किसी सोच में डूबे रहना
कभी फँसाकर सुई दाँतों के बीच
शर्ट में बटन टाँकना
और कोशिश करना कि मैं
घायल ना हो जाऊँ
चुटकी बजाने तक की फुर्सत
तुम रखती नहीं थीं
अपने जमाई को अकसर खाली हाथ बिदा
किया है तुमने

छलका के आँसू
पल्लू से पोचे की तरह उन्हें मिटाना
नाख़ूनों से गुदगुदी मचाकर

मेरी पीठ पर पहरों मुझे सताना

वैसे तो मैं तुम्हें याद नहीं करता
पर वार-त्योहार जी ललचाता है
कोई जादू देखूँ
तो कमी तुम्हारी खलती है
और जी उदास हो जाता है
दिन, हफ़्ते, महीनों के लिए

फिर मनाने में सालों लग जाते हैं

एक बुरा सपना

कल एक बुरा सपना देखा
कुछ लोगों के चिल्लाने की आवाज़-सी आयी
फिर लोग आये दौड़े-दौड़े
हम सबको बाहर भागने का फ़रमान सुनाया

बाबा ने मुन्नी को लपेटा एक बाँह में
दूसरे से थामी मेरी कलाई और आवाज़ लगाते दहलीज़ फाँदी
"हमीदा, जल्दी निकलो!"

घर के बाहर चौक की जानिब
एक हुजूम लोगों का जमा हुआ था
सब पुतलों से खड़े थे
वक़्त का हर लम्हा जैसे थमा हुआ था
सहमे हुए थे जो भी बड़े थे घर के
और बच्चों का रोना घोट रहे थे
बूढ़ी दादी मेरी जोड़ों के दर्द से दाँत कीट के खड़ी थी
बाबा उनके आँसू पोंछ रहे थे

मैं अब भी अपनी नज़र टिकाए
अपने घर को ताक रहा था
माँ अब तक निकली क्यूँ नहीं
घड़ी-घड़ी फिर झाँक रहा था
"माँ बमबारी शुरू हो गयी, बाहर आओ!"

माँ दौड़ी हाथों में मुन्नी और मेरे स्कूल का बस्ता दबाये
सोचकर शायद हमारा आने वाला कल किताबों के नीचे बच जाये
इससे पहले कि मैं माँ से मिल पाता
एक मिसाइल दाख़िल छत से हुई घर में
और एक आग का गोला सब कुछ निगल गया
माँ दीवारों के मलबों जैसी बिखर गयी
पल भर ही में मेरी दुनिया सारी पिघल गयी

पर सुना है ख़्वाब में किसी अपने को मरता देखो
तो उसकी उम्र लम्बी होती है
सपने में ही समझ गया था
बुरा सपना है ये
क्यूँकि अभी तो माँ ने अपने हाथों से खीर खिलायी थी
क्यूँकि अभी तो माँ ने आँगन की तन्दूर बुझायी थी

आँख खुली तो पाया ख़ुद को
टर्की* के रेफ़्यूजी कैम्प में
बाबा ने मुन्नी को लपेटा हुआ है एक बाँह में
बूढ़ी दादी मेरी जोड़ों के दर्द से दाँत कीट खड़ी है
बाबा उनके आँसू पोंछ रहे हैं
माँ कहीं नहीं है आस-पास
सपना होगा शायद
सपना ही होगा।

---

*Turkey

एक ही अख़बार

एक ही अख़बार आया था गली में कल
ख़बरों से लथपथ था
उसके हर एक क़तरे से सनसनी महक रही थी

थी ख़बर कि जल गया मकान
सिलेण्डर फटने से पास के मौहल्ले में
गयी शाम
और छत गिर गयी पुराने बरामदे की
सुल्तानपुर में
थे चार बच्चे नीचे उसके
घर-घर खेल रहे थे
उग्रवादियों के नये हमले की जानकारी थी
डकैतियाँ पाँचवें पन्ने पर
कब्जा जमाये बैठी थीं
लोग नापते रहे कौन-सी ख़बर है कितनी
भयानक
और किसकी मौत ज़्यादा दर्दनाक है
बहस हुई कई बार सरकारी मसलों पर
और क़ानून के हाथों को भी बौना कहा गया

ख़ैर ख़ूब बिकी कल चाय
उस नुक्कड़ की दुकान पर
लाला का गल्ला भरता रहा
एक ही अख़बार आया था गली की
जिस दुकान में कल

एक रात यूँ

एक रात यूँ
उठकर चल दिए थे ख़्वाब
कि फिर लौटे ही नहीं

ना आँखों से झगड़ा हुआ था
ना नींद से तू-तड़ाक
ना तकिए से कहा-सुनी
ना रोशनी से कोई मज़ाक़

जो दिन में आते हैं नज़र
जिनका हर वार है बेअसर
जो माँगते हैं मुझसे दो घड़ी का उत्साह
उम्र भर की लड़ाई के लिए
ख़्वाब तो नहीं हैं ना?

यह ख़्वाब नहीं हो सकते
होंगे हक़ीक़त ही
जिससे अब तक तआरुफ़ नहीं हुआ है मेरा

कच्ची-पक्की नज़्म

गिर जाती है जैसे
एक सयाने पत्थर की चोट से
आम के बाग़ीचों में कैरी
हश्र है नज़्मों का कुछ वैसा ही
ज़िन्दगी में मेरी

किसी करारी माँग के ज़रा सताने पर
मैं सुना देता हूँ अध-कच्ची सी कविता मेरी
जानता हूँ कुछ दिन और रखता पास अपने
तो पूरा पका हुआ आम परोसता
होता है कई दफ़ा तो यूँ
कि अहसास ही नहीं होता
कौन-सी सड़ गयी है रखे-रखे बरसों
ना कोई ख़रीदार है उसका
ना कोई चखने वाला है
क़िस्म-क़िस्म की नज़्मों के नमूने हैं बाज़ार में
उसे अब कौन पूछेगा

गिरेगी जिस दिन
तूफ़ान के झोंके से
ख़यालों की ज़मीन में
फिर से हो जायेगी बसर
पनपे शायद दोबारा किसी ख़याल का बीज बनकर

ज़हन में किसी और शायर के

कई बार भाँप कर एक पिल-पिलापन
धूप के रंग-सा चेहरे पर उसके
मैं सोचता हूँ
ये वाली तैयार है
तोड़ ली जाये
निकलती है बाहर से बस अच्छी
अन्दर ना रस है
ना मांस उसमें
किस की गलतफ़हमी का कौन शिकार है
इससे फ़र्क़ नहीं पड़ता

कई बार समझाया गया है यह कहकर भी मुझे
कि आप घबराएँ नहीं
नज़्म के कच्चा होने पर
फ़ीडबैक* के इंजेक्शन से इन्हें यथाक्रम पकाया जायेगा
क़ीमत बढ़ जायेगी इनकी
आप धीरज रखिए ज़रा

हूँ इन्तज़ार में अब उस नज़्म के
जो ना वक़्त से पहले तोड़ी गयी
ना वक़्त के बाद छोड़ी गयी
वो जिसके रूप में
रंग भी है धूप का
वो जिसकी रूह में

---

*Feedback

मतलब भी है ख़ूब-सा
वो जिसकी मिठास लबों पर रखते ही अहसास करा दे कि
ढंग से पकी है
वो जिसे देखकर मालूम हो
ना पुरानी है ना हाइब्रिड* की गयी है
करारे-सयाने पत्थरों से बचती-बचाती
वो पिलपिली-सी नज़्म
अगर मिल जाये
तो रखने वाले को भी मज़ा आये
चखने वाले को भी मज़ा आये

---

*Hybrid

कलकत्ता

एक पुल
एक कश्ती
और खोया हुआ सुकून
जैसे हम कभी एक-दूसरे से
गये ही नहीं दूर

उम्र भर के लिए तुम्हें मेरा कर दे
कहाँ वक़्त की इतनी गुंज़ाइश थी
एक ढलती शाम तुम्हें देखा था जी भरकर
बस उगते सूरज में देखने की ख़्वाहिश थी

काँच की तरह

काँच की तरह
रिश्ता टूटा नहीं था हमारा
बस उसके सिरे खुल गये थे

तुम ढूँढ़ते रहे दरारें
मैं चटकने की आवाज़ करती रही याद
तुमने फेरे हाथ कई बार ख़तों पर
जो हमने एक-दूसरे को लिखे थे
ये सोचकर कि
चूर-चूर रिश्ते के नुकीले किसी टुकड़े से
हाथ लगेगा
तो ख़ून निकलेगा
और सब साबित हो जायेगा
पर तुम्हें तो खरोंच तक नहीं आयी

काँच की तरह
रिश्ता टूटा नहीं था हमारा
बस उसके सिरे खुल गये थे
जैसे खुल जाते हैं रोशनी के रात से
और सिरे तो फिर जुड़ जाते हैं
हाँ, मगर मंजूरी लाज़िमी होती है
दोनों सिरों की इसमें
मेरी थी
तुम्हारी नहीं

गुज़ारा

लोगों को सब चाहिए
एक ही शख़्स में
प्यार भी, ऐतबार भी
हक़ भी, शक़ भी
बेवजह का रूठना भी
और हर पहर मनाना-बिगाड़ना भी
शिकवे भी, शिकायत भी
नाज़ भी, नज़ाक़त भी
आसानी भी
आफ़त भी

मैं सोचता हूँ
क़ुदरत ने भी तो किया है इश्क़
कितने ही बिखरे हुए नायाब तरीक़ों से
पानी को ठंडक दी
तो फूलों को दी महक
हवा को मनमौजी बनाया
तो कोयलों को दी चहक
पेड़ों को पत्ते लगाये
पत्थरों को नहीं
और छुपा दी कस्तूरी
वन के हिरन में कहीं

ये मन भी जाने कितने छलावे छलता है
ढूँढ़ता है आशिक़ की रूह भी जिस्म भी
माँगता है सब, फिर चुनता है क़िस्म भी

क्यूँ हो मुकम्मल इश्क़ ?
क्यूँ ना बिखरा हुआ हो ?
थोड़ा फलक पर दौड़े
थोड़ा ज़मीन पर ठहरा हुआ हो
रिश्तों में इश्क़ के अलग-अलग
पहलू जो ढूँढ़ ले
यक़ीनन इस दुनिया में अपना दिल भी
क़ुदरत-सा गुज़ारा कर ले

कविता का जन्म

काग़ज़ की एक नाव में
भरकर शब्दों के लोग
गोता खाने को हम बेताब रहते हैं
उबरने में ही मज़ा नहीं ऐ दोस्त!
डूबने पर मालूम होता है
समन्दर के अन्दर भी महताब रहते हैं

गलियों से गुज़रते हुए देखा

छोटी-छोटी गलियों में भी देखो जीवन बसता है
आधे-खुले बन्द दरवाज़ों से
मुझको औंधे मुँह तकता है
घुटी-घुटी दीवारों में अब भी साँसें चलती हैं
चुप्पी साधे खड़ी जुबां कितनी बातें करती है

कान लगाकर आवाज़ सुनो
कहीं बूढ़ा हौसला चलता है
इन झुकी-झुकी आँखों को देखो
इनमें अब भी सपना पलता है
यहीं-कहीं किसी गली-मोड़ पर
फ़िक्र खेलती गुल्ली-डण्डा
और बन्द खिड़कियों के पीछे
मजबूरी सजा रही है फन्दा
टूटे तवे, गीले चूल्हे पर भी भूखा पलता है
छोटी-छोटी गलियों में भी देखो जीवन बसता है

सुखी वक़्त की उम्मीदों पर
देखो तलवे नाच रहे हैं
और बुरे वक़्त की शहनाई
सारे मुख़बिर बजा रहे हैं
सहारों की जिस्मफ़रोशी
कोशिशों की काला-बाज़ारी का

रोज़ तमाशा लगता है
रंगमंच पर कठपुतली-सा जीवन-अभिनय करता है
आधे-खुले बन्द दरवाज़ों से
मुझको औंधे मुँह तकता है
छोटी-छोटी गलियों में भी देखो जीवन बसता है

गहरी नींद

गैस पर दूध रखा था
उबलते-उबलते गिरने से बच गया
आवाज़ ने जैसे किसी की उसे क़ाबू में कर लिया हो
किस की आवाज़ थी वो ?
कौन बोल रहा था ?

झपकी ना जाने कब लगी
मेज़ पर बैठे-बैठे
है कुछ भी याद नहीं

गैस वाला आया था
पता ही नहीं चला
कहता है घण्टी चार बार बजायी थी
काम छूटा हुआ है बहुत करने को
जागा हूँ तो चिन्ता ग़ायब है चेहरे से

बिखरे काग़ज़ों को समेटता हूँ तरतीब से
फ़ोन पर भी है मिस्ड कॉल्स का लम्बा सिलसिला,
मैसेज भी कई आये हैं
अलार्म लगाया तो था
फिर सुनायी क्यूँ नहीं दिया ?
यह वक़्त काम करने का है मेरा,
खाने के बाद भी जागने की आदत है दोपहर में

जाने क्या सोचते-सोचते झुकी पलकें
ले गया कौन-सा ख़याल खींचकर ख़ामोशी में
सो गया घोड़े बेचकर घण्टों कैसे गहरी नींद में मैं
है कुछ ख़बर नहीं
याद हल्का-हल्का सा है बस इतना
सपने में माँ आयी थी

चन्दा मामा

चन्दा मामा आज तुम्हें देखकर
ऐसा लगा जैसे
अरसा-सा बीत गया है
तुमसे बात किये हुए

इस भागती-दौड़ती ज़िन्दगी में
वो क्या है ना
इनसान अब चीज़ों के लिए वक़्त नहीं निकालता
चीज़ें इनसान के लिए वक़्त ढूँढ़ लेती हैं

बन्द मकानों
बन्द गाड़ियों
और बन्द सोच वाला आदमी
अब कहाँ खुले आसमान के नीचे हवा खाने निकलता है
कहाँ थके-हारे लोग बाग़ की बेंच पर बैठ
तुम्हें घण्टों निहारते हैं
सब कुछ कितना अलग-सा हो गया है
है ना?

ख़ैर इस भीड़ में जहाँ हर आदमी
किसी-न-किसी वजह से थम-सा गया है
बस एक तुम ही हो जो बदलते हुए नज़र आते हो
और बदलाव से परहेज़ करने वाले लोग

तुमसे नज़रें चुराने लगे हैं

हर मोड़ पर
रिश्तों की डोर कमज़ोर पड़ने लगी है
पर तुम्हें अब भी चन्दा 'मामा' कहने को जी चाहता है
हालात की जंग में मानो फिर
हमारा ये रिश्ता जैसे जीत-सा गया है
चन्दा मामा तुम्हारी तरफ़ देखा तो लगा
जैसे बात किये हुए
एक अरसा-सा बीत गया है

जंग

ये जंग मुश्किल तो है मेरे दोस्त
पर मेरी है
इसे मुझे ही लड़ना होगा
चढ़ना होगा, गिरना होगा, सँभलना होगा
पर चलते रहना होगा

मैं नहीं लड़ूँगा
तो मेरी ख़ातिर कौन लड़ेगा
बाजुओं में दम
आँखों में चमक कौन भरेगा
हैं बहलाने वाले हाथ कई
मैं मानता हूँ
हैं सहलाने वाले हाथ कई
मैं जानता हूँ

इसलिए
छोड़कर जो भी शुरू किया है
चलता हूँ
मैं ऐसे ख़याल के ख़याल से भी
डरता हूँ
जिस दिन की सुबह साँस में चिंगारी थी
उसकी शाम बैठ अकेले आहें भरता हूँ
हाँ! सच है कि कभी-कभी ख़ुद को

बहुत तन्हा महसूस करता हूँ
अपनी आरज़ू पर अभिमान
अपनी ज़िद पर अफ़सोस करता हूँ

फिर कभी अचानक
साफ़ नज़र आता है रास्ता ख़्वाब में
कि ये जंग मैं आख़िरकार जीत गया हूँ
ख़ुशियों की छलकन में पूरा भीग गया हूँ
उतरकर इस ख़ुमार से आगे जो बढ़ता हूँ
एक और नयी-सी जंग अपने सामने पाता हूँ

जंगल का पेड़

महका हुआ है जंगल का वो पेड़
डालियाँ जिसकी टूट गयी थीं पिछली आँधी से
पतझड़ ने जिसके फूल लूटे, पत्तियाँ झाड़ीं
बहुत कहर बरपा था इस पर
उदास, मुरझाया, सूखा अपनी ही किसी
कमज़ोर टहनी-सा लग रहा था

इसी पेड़ के नीचे वो आदमी जिसकी
गाड़ी का पहिया धँस गया था कीचड़ में
पिछली बरसात, रुका था
सारी रात
ऊपर देखकर काफ़ी दफ़ा कोसा उसने
ऊपर वाले को
कहकर
कि बीवी के गहने चोरी हो गये तूफ़ान की रात
चोर जाने कब आया, जाने कब चला गया
बेटी को डायरिया क्या हुआ गये चेत
कि बेटी के साथ-साथ रंग अपना भी
उतर गया चेहरे से
दोनों सूखकर काँटा हो गये

आता है कई बार इसी पेड़ के नीचे
वक़्त निकालकर दफ़्तर से

कहता है एक ही ऑफ़िस में एक ही तरह का
काम कर-कर के बोर* हो गया हूँ
जगह बदलनी चाहिए अब उसे,
कोसता है घण्टों ऊपर देखकर
ज़िन्दगी को अपनी
गिनता है टूटे गुल्लक से निकली
ख़ीरचनों की तरह अपनी तकलीफ़ें
और मुसीबतें

जाने ऊपर की जानिब देखकर
देखता नहीं क्यों उस पेड़ को
जो जमा हुआ है एक ही जगह
और महक रहा है हर मौसम
झेलकर आदमी-सी ज़िन्दगी

---

*Bore

जादू

मेरी आँख का पहला आँसू
तेरे लबों की आख़िरी हँसी
दोनों जब मिल जाते थे
जादू होता था

बेचैन शामों की चाय के साथ
बालकनी में तू
तेरी ख़ुशबू
तेरी मौजूदगी
रेडियो पर अचानक बजता
मेरा मनपसन्द गाना
और सूरज की ढलती धूप
दुनिया के संगीन तमाशों को बरदाश्त करना
आसान कर देते थे

तुम गयीं
तो यह भी साबित हो गया
कि सब जादू
आँखों का खेल होता है

चाँद

ग़ायब रहा चाँद आज
जाने क्या थी बात

बहाना बनाते हैं लोग
कि अमावस की है रात
सच तो है कि मुकम्मल होने के बाद
मरता है चाँद भी
फिर से जीने की आरज़ू के साथ

जाने क्यूँ

लौटकर आओ जो कभी वापस बचपन की गलियों में
पाओगे वहीं पतंगों की परछाईं के पीछे
दौड़ता यारों का हुड़दंग
बाग़ों की कैरियाँ तोड़ता
मासूम चोरों का वो दल
वही घाटी से वापस आवाज़ लौट आती है
बस तुम्हीं नहीं लौटते

जहाँ पेड़ के पत्तों को नोटों की तरह बाँट आये थे
उसी पेड़ की जड़ें सभी अब झाँक रही हैं
जिन मुँडेरों पर चढ़कर मारा था होली में गुब्बारा
उसके नीचे वाली खिड़की अब तुम्हारे बारे में पूछ रही है
रविवार की धूप में धूल भी उड़ती है वैसे ही
जाने क्यूँ हम नहीं उड़ते धूल के संग पहले से

नील डालकर धुली सुबह
जिसे शाम तक हम मटमैला-सा कर देते थे
अपने कोरेपन को कोस रही है
याद है वो सिक्का दो रुपये का
जिसे गाढ़ा था पत्थर के पीछे
उस सिक्के को ज़मीन अभी तक सींच रही है
भटक-भटक पंछी-कंकड़ सब के सब लौट चुके हैं
जाने तुम ही क्यूँ लौटे नहीं हो

लौटोगे तो पाओगे
बचपन की गलियों में
पतंगों की परछाईं के पीछे दौड़ता यारों का हुड़दंग
और वक़्त की चरखी पर लपेटता हुआ मैं इन्तज़ार का रंग

ख़ुशनसीबी

ज़िन्दगी यूँ तो
सिलवटों का साया थी
कुछ हाथों की गर्माहट इसे सीधा कर गयी

जालसाज़ी

बँटा हुआ है पूरा हफ़्ता
बराबर ही वैसे तो
खेल शुरू होने से पहले
ताश की गड्डी-सा

फिर भी ना जाने क्यूँ
इतवार का वो एक पत्ता
फ़ुर्सत की चमक-सा
हाथ नहीं लगता ग़रीबों के
कभी भी

ज़िन्दगी

उसके हाथों में पूरी दुनिया का बोझ है
फिर भी उसकी आँखों में सुलगती इक खोज है
कुछ निगाहें टटोलती हुई पुराने दिनों की किताब
कुछ तलाशती नज़रें सँवारे नये ख़्वाब
कुछ पर चढ़ गया लाचार जवाबों का जोश है
उसकी आँखों में सुलगती इक खोज है

पत्थर से सख़्त रिश्तों को कुरेदती है
सिलती जाये जितनी उतनी उधड़ती है
सीने पर तारीख़ों का तराना लिए
वक़्त की नज़्म नोचती है
गुमराह मुसाफ़िर से आगे का रास्ता पूछती है
उसके सन्नाटे में भी अजीब-सा शोर है
उसकी आँखों में सुलगती इक खोज है

उम्र की चोट से शक्ल का आईना चटक-सा गया है
और दरारों को झुर्रियों के रूप में बिखेरकर गया है
जानती है हर फ़ैसला उसका ही दोष है

उसके हाथों में पूरी दुनिया का बोझ है
फिर भी उसकी आँखों में सुलगती इक खोज है

ज़िन्दगी चोंच मारती है

ज़िन्दगी चोंच मारती है
बेहद
बेरहम होकर
बेहिसाब बार
ज़िन्दगी चोंच मारती है

वक़्त के पिंजरे में बन्द
सब मुर्गे अपने जाने का इन्तज़ार कर रहे हैं
और आँखों में उम्मीद लिए
एक-दूसरे को देख रहे हैं
ये सोचकर
कि कोई तो बचेगा
किसी की तो जान बख़्शी जायेगी

पिंजरे में किसी के भी चलने पर
उठकर चल देते हैं उसके पीछे
अपनी पहचान बनाने के लिए
खड़े होते हैं
वो भी झुण्ड में

आज़ादी की सीमा लाँघते हैं
तो किसी का दिल दुखाते हैं या
अपना ही दिल तोड़ते हैं

भूल जाते हैं
ज़िन्दगी चोंच मारती है
घायल
गुमसुम
गुमनाम अँधेरे में
बेहोश छोड़कर
हर सुबह फिर उगते सूरज के साथ
बांग भरती है
ताकि फिर चोंच मार सके

जीत

रेशम धागा-धागा उधड़ गया है
उतर गया है
तमग़े पर सोने का पानी जो था
सीलन लग गयी है दस्तावेज़ों को
और ट्रॉफियों को जंग खा गया है
एक दीवार सजी है घर की
जीते हुए सब काग़ज़ों, तस्वीरों से
मानो किसी मुर्दे को
सुनहरे लिबास में
लटका दिया हो शोपीस* बनाकर

उम्र भर करते रहे कशमकश वो
जीतने की
अब बुढ़ापे में ना याद है कोई क़िस्सा
जिसमें जीती हो कोई शर्त दोस्तों से
या हारा हो दिल किसी की अदायगी पर
जो रिश्ते मिले थे विरासत में
कामयाबी की जंग में ज़ब्त हो गये

घण्टों इसी दीवार के सामने बैठकर वो आदमी
हाथ में लिए अख़बारों के टुकड़े

---

* Showpiece

जिनमें नाम छपा है उसका
ढूँढ़ रहा है वो जीत
जिसमें लोग जीते थे उसने
जिसमें दिल जीते थे उसने
रिश्तों को अव्वल नम्बरों से किया था पास

देखकर सोचता है बुलन्दी अपनी
वक़्त के रेगिस्तान में
जीत की इस मिराज़* ने
ख़ूब बेवकूफ़ बनाया है उसे

* Mirage

कवियों की क़िस्मत

लोग बड़ा हँसते हैं मुझपर
जब कहता हूँ कि मैं कविता लिखता हूँ
कई तो मुँह पर बोलकर गये हैं
कि शक्ल से ही गया-गुज़रा लगता हूँ
कइयों का कहना ये है
कि कलम तो वक़्त ज़ाया करने वालों की तलवार है
जिनकी नइया कहीं नहीं जाती
उनके हाथों की पतवार है

तो हम भी नज़ाकत से, मोहब्बत से देते हैं जवाब
आख़िर आपको किसने सिखाया देखना ख़्वाब ?
देश में आज़ादी का जज़्बा वही लाया था
जिस कवि का आपने थोड़ी देर पहले मज़ाक़ बनाया था
इश्क़ में आपको उन्हीं के बोल बहलाते हैं
तब तो आप ख़ूब ग़ालिब-मिर्ज़ा पढ़ जाते हैं
अब वही कवि आपको निकम्मे-नाकारे लगते हैं
शब्दों के साथ भटकने वाले बन्ज़ारे लगते हैं ?

समझ जाते हैं शायद बात मेरी
जब इतना सब झकता हूँ
क्या करूँ हुजूर कवि हूँ
जो सोचता हूँ उससे ज़्यादा 'बकता' हूँ

टूटा हुआ आईना

ग़मों का ये मौसम
गुज़रा है इस क़दर मुझसे
कि अच्छा कुछ भी नहीं लगता अपने बारे में
मैं सोचता हूँ
तो मायने ग़ायब हैं ज़िन्दगी के
तुमसे मिलने के पहले भी तो
जी होगी ज़िन्दगी मैंने
उसका नामोनिशान क्यूँ मिट गया
आसानी से इतनी

शायद जगह देने के लिए
तुम्हारे ख़यालों को
मैंने ही कभी इश्क़ में
कभी तुम्हें मनाने की कोशिश में
कभी नादानी में
कभी नाराज़गी में
क़तरा-क़तरा काटकर फेंक दी
शाखें अपनी ही कहानी की
तुमने भी तो रोका नहीं मुझे करने से ऐसा
इश्क़ अगर खेल था ख़ुद को भुलाने का
तो इसमें हारकर दो लोग
तय कैसे करते हैं कौन जीता

मैं अब तुमसे ज़्यादा
ढूँढ़ता हूँ अपने कल को
जो अपने साथ गुज़ारा था मैंने
आईना देखता हूँ जब भी चटका हुआ घर का
तो यक़ीन–सा होता है कि मैं किस क़दर बिखरा हुआ हूँ कि
आईना अपने हर टुकड़े को देख रहा है मुझमें
उसकी और मेरी
हम दोनों की ही
मुस्कान के मतलब बदल गये हैं
वो तिरछी हो गयी है

तुम्हारे जाने का मौसम
बड़ा ज़ालिम है

टेलीग्राम

सरकारी मोहर का चाकर
माथे पर किसी ताज की तरह कुछ स्टैम्प सजाये
जो चलता था
सुना है
पिछले दिनों उसे नौकरी से निकाल दिया गया है

खरी बात करता था
कम बोलने की आदत थी उसे
काम-से-काम रखता था
जिसके लिए मशहूर भी था
और बदनाम भी
ख़ाकी झोलों और खीसों का सहारा लेकर
पहुँचता था
कोच्चि से कश्मीर तक झट-पट

लोग कहते हैं
उम्र की मार झेल रहा था
बड़बड़ाता था अक्सर
कि एक दौर था
साँस लेने की फुर्सत भी ना थी उसे
लगभग 60 हज़ार राज़
दफ़न किये अपने सीने में
चल पड़ता था ख़बर पहुँचाने

कलकत्ता में जन्मा वो टेलीग्राम
160 बरस का पुश्तैनी काम करते-करते
थक गया होगा
दरबानी ख़त्म हुए एक सदी से ज़्यादा की अब
चल बसा कुछ हफ़्तों बाद
ख़बर सुनते ही अपने रिटायरमेण्ट की

दफ़न रह जायेगा अब क़िस्से-क़सीदों में
दादा-दादी के लतीफ़ों में
कि कैसे भेजकर उसे
किया था फ़ैसला शादी का
जुबान पर बस 25 बोल थे
और छब्बीसवें की जगह दादी की हाँ थी
एक दौर बुलन्दी का छूकर
गिरा तो हालत ख़स्ता हुई उसकी
कोई कहता है बुरा हुआ
जो भी हुआ उसके साथ
तो कोई हँसकर कहता है
सल्तनत तो मुग़लों की ना रही
वो तो फिर भी टेलीग्राम है
कम में ज़्यादा कह जाना ही उसकी पहचान है

पीछे छोड़ गया है अपनी बीमार बीवी 'चिट्ठी'
जिसका रंग नीला पड़ गया है
कोई नहीं पूछता उसे भी आजकल
जाने कब चल बसे

सौंप गया है विरासत बच्चों को

TELEGRAM

जायदाद सारी बाँट गया है
छीना-झपटी होगी अब
ईमेल, मैसेज और स्काइप के बीच
पूरी बात कहने में
उन्हें ना तो दिलचस्पी है ख़बर में इतनी
ना ही अन्दाज़ा है उनके मानी का
होता है ख़ैर अकसर ऐसा उन घरों में
जिनसे उठ जाता है साया सयाने बाप का

ठण्डी धूप

आज ठण्डी धूप
और ख़ामोश हैं हवाएँ
किस-किस की मौत का ग़म तो मनाएँ?

आपकी खाली सोच का
या अपने बेजान इरादों का?
आप ही कहिए किस मुर्दे को
अपने सीने में दफ़नाएँ?

अब तो कफ़न ने भी ऐसे सुन्न ख़्वाबों को
ढकने से इनकार कर दिया है
और लकड़ी ने आग से ऐसी लाशों को
न फूँकने का क़रार कर लिया है

इक बेरंग तस्वीर को अपने घर पर कब तक सजाएँगे?
कब तक आख़िर बिना तेल के दीये जलाएँगे?
मुँह खोलिए
आवाज़ निकालिए
अपने मुर्दा हो जाएँ
इससे पहले जागिए

डूबने का मन है

आज डूबने का मन है

बाँहें तैरते-तैरते थक चुकी हैं
पैर छपाके मार-मारकर
बोझिल हो गये हैं
लहरों की माफ़िक़ चल पड़ें साँसें
तो शायद साँस में साँस आयेगी इस मरतबा

उबरने में मज़ा है
मैं जानता हूँ
और जीने का राज़ भी है
इसी में छुपा हुआ

बहुत मुश्किल मंज़िलें हैं तो
ख़ुशनुमा कारवाँ भी हैं
उलझे रिश्ते, सुलझे ख़्वाब
ख़ामोश सवालों के बोलते बेतरतीब जवाब
मुस्कुराहटें, नसीहतें, प्यार
माना सब है
उबरने के उस पार

फिर भी
आज डूबने का मन है
बहुत मन है डूबने का
बहुत मन है डूबने का

तरीक़ा

ये भी कोई तरीक़ा हुआ क्या ?

दिन का तुमसे
तुम्हारा दिनों से
साल-दर-साल गुज़रना
हर साँस के साथ सिसकियाँ भरना
चेहरे से मुस्कुराहटें ग़ायब रखना
कभी गुज़रे हुए कभी आने वाले
कल से डरना
ख़्वाब देखना, फिर वही ख़्वाब फेंकना
बात-बात पर ठिठकना
घुटने टेकना
सुबह उठना बेमतलब एक दौड़ में शामिल होना
शाम ढलते-ढलते बेचैन नींद में सोना

लोगों को देखकर मुँह फुलाना
हर बात पर नाराज़ होना
मुँह चिढ़ाना
लोगों से प्यार करना पर उन्हें ना बताना
माफ़ी के इन्तज़ार में रुकाये रहना और रुकना

ये भी कोई तरीक़ा हुआ भला मरने का ?

अपनी ख़्वाहिशों का क़त्ल करते हैं
लोग थोड़ा-थोड़ा यहाँ रोज़ मरते हैं
अपने को दूसरे से हमेशा कम समझना
सुलझे हुए मसलों में मुसलसल उलझना
हर घड़ी जेबें टटोलना
नफ़ा-नुक़सान से ज़्यादा कुछ ना सोचना
धत् ये भी कोई तरीक़ा हुआ भला
जीने का
मरने का?

तुम्हारा इन्तज़ार

तुमने कहा था
छत पर मेरा इन्तज़ार करना मैं वहीं मिलूँगी
और मैं वक़्त से पहले
छत की मुँडेर पर जाकर बैठ गया

सर्द हवा ने कई बार गुदगुदाया
इतना तो याद है
कुछ झपकियाँ यहाँ-वहाँ टकरायी होंगी आँख से
किसी के इन्तज़ार में
इतना तो माफ़ है?

गुज़रते लम्हों के साथ दरवाज़े से नज़र हटाई तो
आसमान की तरफ़ देखा
जितने हो सके
उतने तारे गिन लिए मैंने
ऐसे ही बेहिसाब तारों के सहारे रात गुज़री मेरी
और फिर जलता आग का गोला
हक़ीक़त से वाक़िफ़ कराने आ गया

ख़ैर मैं फिर कल जल्दी मुँडेरों पर बसेरा ढूँढ़ लूँगा
हवा दरवाज़ा हिलाएगी अबके
तो उसकी शरारत समझ जाऊँगा
तुम्हारे देर से आने की आदत को नज़रअन्दाज़ करता रहूँगा
तुमने कहा था छत पर मेरा इन्तज़ार करना वहीं मिलूँगी
तो बस इन्तज़ार करता रहूँगा

तुम्हारी और मेरी पसन्द

तुम्हें लम्बे रास्तों पर दौड़ने-चलने का शौक़ था
मैंने हमेशा छोटे-सहमे क़दम उठाये
तुम्हें रोशनी अच्छी लगती थी
घर में बिखरी हुई
मैंने परदे चढ़ाकर, दीए बुझाकर
रोशनी के सब सुराग मिटाये

तुम्हारी बात को बीच में काटकर
जब मैं बात अपनी कहता
जानता हूँ बुरा लगता था तुम्हें
मेरी खुशी में ही अपनी खुशी ढूँढ़ लेना
किस क़दर जुनून था तुम्हें

होंठों के साथ-साथ
अब तुम्हारी आँखें भी ख़ामोश हैं
मैं अकसर ख़ुद को कोसकर कहता हूँ
मेरे ही सब दोष हैं
पर तुम तो गुस्सा थूक दो
तुम यूँ नाराज़ ना रहो
एक बार बनकर आख़िरी बार पानी
मेरी पलकों से बहो

तुम्हें काँधे पर सिर रखकर

मेरी बाँह थामना अच्छा लगता था
और मुझे ज़रा दूरियों की चाह थी
मैं तुमसे बेहतर था हर मामले में
ये ग़लतफ़हमी थी मेरी
एक बुरी अफ़वाह थी

मैं जो गुनगुना देता कोई गाना
तुम पूरे दिन उसके बोल,
बोलकर दोहराया करतीं
मेरे देर रात लौटने पर साँसें तुम्हारी
चैन की साँस भरतीं
तुम्हें रात भर जागकर
तारों के नीचे बैठकर
मुझसे बात करने का शौक़ था
मैंने जल्दी सोने के बहाने बनाये
तुम्हें मुझमें दिलचस्पी थी
मैंने तुम्हें औरों के क़िस्से सुनाये

अब मुझे देखकर तुम्हारे चेहरे की रौनक जो ढलती है
मैं जानता हूँ उसमें मेरी ही ग़लती है
पर तुम तो ग़ुस्सा थूक दो
तुम यूँ नाराज़ ना रहो
एक बार बनकर आख़िरी बार पानी
मेरी पलकों से बहो

तेरी दोस्ती

दुनिया में रिश्तों की जायदाद का
जब भी बँटवारा हो
मैं चाहता हूँ
तेरी दोस्ती
मेरे हिस्से आये
मैं हो जाऊँ मशहूर भी
वो शख़्स जिसे लोग जानते हों
मैं चाहता हूँ बस तू मुझे
भीड़ में पहचान जाये

कि तू मुझे जो अपना मान लेगा
ये उम्र कटेगी बड़े आराम से
शोहरत, ओहदा, दौलत
इनसे कौन हमेशा ख़ुश रहा
चैन से सोया है कौन ऊँचे नाम से
मेरे छोटे से कमरे में
पुरानी ख़ाट पर लेटे हुए तू
मुझको बचपन के अपने क़िस्से सुनाये

मैं चाहता हूँ
दुनिया में रिश्तों की जायदाद का
जब भी बँटवारा हो
तेरी दोस्ती
मेरे हिस्से आये

तेरी महक

चन्दन मला बदन पर
इत्र भरा कण-कण में
और मसल दिये गुलबूटे
तेरी महक क्यूँ ना छूटे ?
साहिबा
तेरी महक क्यूँ ना छूटे ?

नैनों के पानी से
तेरी आस बहाई
तेरे लिखे ख़तों को
बारी-बारी आग लगाई
फिर भी तेरे होने का भ्रम क्यूँ ना टूटे ?
तेरी महक क्यूँ ना छूटे ?
मीठे माही
तेरी महक क्यूँ ना छूटे ?

दिन ढलने को है

दिन ढलने को है
और मैंने अब तक फ़ैसला नहीं किया
कुछ और वक़्त तुम्हारे साथ
बिताना चाहता हूँ
या अब तुम्हें खोना चाहता हूँ मैं
यूँ ही समेटे ख़ुद को रखूँ
या बिखरकर रोना चाहता हूँ मैं
दिन ढलने को है
और मैंने अब तक फ़ैसला नहीं किया

धूप सुनहरी माँगूँ अपनी ख़ातिर
या बेमौसम बारिश में नाचूँ
हँसी छिड़क दूँ ज़रा हवा में
या टप-टप बहते आँसू बाँटूँ
समझ नहीं आता
ख़ुद से दूर चला जाऊँ कहीं
या अपनी ओर भागूँ

रिश्ते जो सड़ गये हैं
सीने को जकड़े हुए हैं
उन्हें उतारकर फेंक दूँ
कि रखूँ कुछ और देर पनपने दूँ
दर्द जो हो रहा है

उसका मर्ज़ ढूँढ़ लूँ कोई
या इसकी आदत डाल लूँ
है शौक़ जो जीने का उसे छोड़ दूँ
या कुछ दिन और निभा लूँ
देखो ना,
दिन ढलने को है
और मैंने अब तक फ़ैसला नहीं किया

दुनिया की दुकान

मैं ग्राहक-सा खड़ा हूँ
दुनिया की दुकान पर
हज़ारों मुझसे ही आते हैं यहाँ
सौदे कई करने

कुछ को जल्दी रहती है
आने की भी
जाने की भी
और कुछ खड़े रहते हैं घण्टों यूँ ही
जैसे ना मक़सद है कोई उनका
ना ही मतलब है किसी से
बस मौजूद हैं
क्यूँकि वक़्त काटना है

कुछ बस मसरूफ़ हैं
दुकानदार को ढूँढ़ने में
लोगों को कहते सुना है
मिल तो जाता है असली मालिक
हाँ, मगर थोड़ी देर से
कहाँ इतना सब्र सबमें
जितना मिला चलता है
शोर है हर पहर यहाँ
"आगे बढ़िए साहब
धन्धे का टाइम है
लोगों का हुजूम बढ़ता है"

अनहोनी

सुना है ये भी ख़ूब हुआ
कश्तियों तक आते-आते
कल एक साहिल डूब गया

दीवारों से टपकती है ग़ज़ल एक

दीवारों से टपकती है ग़ज़ल एक
हर शेर पर वो शायर जुमले कसता है
चौक से लगकर पिछली गली में
मलबे के नीचे पड़ा स्टेथेस्कोप* धड़कता है
जो टिकाओ कान पर कुछ देर उसे
तो अभी सुनायी देंगी किसी की चढ़ती-उतरती साँसें

शोर है तो बहुत
पर इतना नहीं है कि सुनाई ना दे
चौथे माले के यूसुफ मियाँ की बाँसुरी
घर ख़ाक हो तो हो
रियाज़ का वक़्त है और वो ज़रा सख़्त मिजाज़ी

धूल जो चख़ लो ज़रा
तो फिरनी का गुड़ होंठों पर अब भी चिपकेगा
यूँ ही 'अशहर जान' को 'जन्नत का हलवाई' थोड़ी ना कहते हैं
हटाओ बिजली की नंगी तारें
और यह टीन का शटर उठाओ
भर लो जल्दी से 'मामूल' झोले में
इससे पहले कि बेचे कमबख़्त
फिर से दुगने दामों में महँगा इन्हें

*Stethoscope

कल 'अलेप्पो'* पर गिरी एक और मिसाइल
शहर का आख़िरी कवि
शहर का आख़िरी डॉक्टर
शहर का आख़िरी बाँसुरी वादक
शहर का आख़िरी हलवाई भी चल बसा

धमाकों से मिटाया जा सकता है लोगों को
उनकी अदायगी, अहसास, आवाज़ें, यादें
कभी कोई मिटा सका है भला?
यूँ नज़र झुकाए ना बैठो
उठो कि काम बहुत है
हुनरमन्द गया है बस अभी
हुनर अब भी हवा में महकता है

*Aleppo—Syria का सबसे बड़ा शहर

नागालैण्ड

अकड़ में अपनी पसरे
अलसाये पहाड़ हैं,
पहाड़ों से सरकती धुन्ध है
उससे ऊपर की जानिब झाँकते
बूढ़े, पुराने पेड़ हैं
जिनके पैरों से होकर जाती है
नशे में धुत
लड़खड़ाती एक सड़क
सड़क से सटकर
भटके मुसाफ़िर की तरह
रास्ता पूछती कच्ची गलियाँ
गलियों में माचिस की डिबिया जैसे मकान
मकानों से निकलते आदमी
जिनके चेहरों पर दास्तान है
उनके वजूद की
वजूद जिस पर एक परत ख़ौफ की भी है
झुर्रियों के नीचे
ख़ौफ़ जिसे मैं पहचानता हूँ
मैं घर से कितनी दूर आया हूँ
फिर भी लगता है अपनों के बीच हूँ
ये डर ही शायद हमें
एक-दूसरे से जोड़ता है

दोनों खिड़कियाँ

वो दोनों खिड़कियाँ
जुड़वाँ बहनें हैं
और दोनों को इसी बात से
तकलीफ़ है

बचपन से आज तक
झगड़ा ख़त्म नहीं हुआ दोनों का
मसले किस तरह बढ़ते गये हैं
पूछिए मत
हर छोटी बात पर लड़ती हैं

घर की मालकिन अगर पहना दे
किसी एक को नये पर्दे
तो दूसरी,
सारा दिन सिसकियाँ भरती है
कुढ़ती है
हवा से शिकायत करती है
और खड़खड़ाकर कुछ-न-कुछ
बड़बड़ाती रहती है
वहीं दूसरी मामला शान्त करने के बजाय
रेशमी फ्रॉक-सा
उड़ाती है परदा
उसी हवा के सहारे मौज करती है

उसे और चिढ़ाती है

पर दोनों हमेशा से इतनी
लड़ाकू नहीं थीं
चार बरस पहले
जब गली के किसी बच्चे की
गेंद जा लगी थी एक को
तो दूसरी की जान हाथ में आ गयी थी
बड़ी डाँट लगाई थी उसने
सबको बहुत कोसा था

फिर शरारत के नाम पर
पिछली दीवाली में
सरककर चुपचाप पैरों के
नीचे से
धाड़ से गिराया था पुताई वाले को
कुंडियाँ बजाकर दोनों ख़ूब हँसी थीं

अब यही याद करेंगी
एक–दूसरे के बारे में
जैसे ही फागुन गुज़रेगा
सुना है,
घर वाले एक को तोड़कर
दरवाज़ा बना रहे हैं
एक को विदा कर रहे हैं
लॉन में आना–जाना आसान होगा
बड़ी मालकिन कह रही थी
पड़ोसी से

शायद हो भी जाये सहूलियत
पर अकेले उस लॉन को ताकना
बड़ा मुश्किल होगा उस दूसरी
जुड़वाँ खिड़की के लिए

रिश्ते कितने ही कड़वे क्यूँ ना हों
उनके जाने के बाद
हर चीज़ पहले-सी नहीं रहती

धुआँ

रोशनी के मरते ही
जो सफ़ेद लिबास ओढ़े चल रहा है
धुआँ है

ये कैसा किरायेदार है
जो मालिक के मरते ही
घर खाली कर रहा है?

कितने नशे में है देखो
लहराती चाल से दीवार,
दरवाज़े, छत से टकरा रहा है
ख़ुद भटका हुआ-सा है
और दोष हवा को दे रहा है

दीया ग़मगीन है
उसके घर का चिराग़ बुझ गया है
और ऐसे मौके पर धुआँ
उससे कैसे सवाल पूछ रहा है?
"किसने की थी मेरी ख़्वाहिश?"
"मैं नाजायज़ तो नहीं पैदाइश?"
कहता है
ये कैसा वजूद है मेरा
जल भी रहा हूँ
बुझ भी गया हूँ
मैं धीमे-धीमे फ़िज़ा में

घुलता जा रहा हूँ
ऐसा लगता है जैसे कोई
मसल रहा है मुझे
ऐसा लगता है जैसे कोई
कुचल रहा है मुझे

घड़ी नाज़ुक है
सवाल लाज़िमी
मैं दोनों के हालात समझता हूँ
कुछ समझाने की कोशिश करता हूँ

मेरी नज़र में दिया
दुनिया है कोई
और रोशनी जिस्म है एक
जिसके मरते ही
एक रूह निकलती है
वो पाक है, हसीन भी
उसे रोशनी की है ख़बर भी
पूरी ज़िन्दगी उसने जिसके साथ जी है
उसके जाने के बाद वो अकेली पड़ गयी है

मैं कहता हूँ
शुक्र मना दीए!
कि रोशनी के जाने के बाद भी
तू देख पाता है धुआँ
हमारे यहाँ तो जब मरता है कोई अपना
मुर्दा जिस्म दिखता है बस
धुएँ-सी रूह नहीं दिखती

बारिश

बेमौसम आ जाती है बारिश जैसे
मेरी उदासी ने वैसे ही दस्तक दी है
बेवजह
बिन बताये
दिक्कत ये है कि
मुझे आदत नहीं है यूँ भीग जाने की

अगर ख़बर होती तो ख़ुशियों की एक छतरी
घर से बैग में भरकर निकलता
मैं मीठे लम्हों के गमबूट
पहनकर चलता
पर इस बारिश ने तपाक से किसी शिकारी
की तरह घेर लिया है मुझे
मैं उदासी में पूरी तरह तर हो चुका हूँ
सब छज्जे टटोल रहे हैं पनाह पाने को
मैं वहीं पत्थर-सा रुक गया हूँ

मेरी उदासी ने मुझे घेर लिया है
चारों ओर से
मेरे घर पहुँचने तक
बचने के

आसार बहुत कम हैं
इससे निकलूँ
तो सूख जाऊँ एक बार फिर से शायद
मुस्कुराऊँ फिर से एक बार शायद
खुश रहने का आज बहुत मन है

भूख

एक जिस्म का छिलका खोलो
एक रूह का दाना बाहर निकालो
आदमी ? आदमी कहाँ है ?
मूँगफली है
ख़ुदा खाए जा रहा है
शौक़ से बस
भूनकर मुसीबतों की रेत पर
ग़म की सेंक देता रहता है
जाहिर-सी बात है स्वाद अच्छा आता होगा

उम्र उतनी ही
जितनी दुनिया के ठेले में सिंकते हुए निकले
ठेले से बाहर बिका
तो गया उसी के पेट में
जिसने बनाया था

भूलने की आदत

मैं 23 का हूँ
और मुझे भूलने की आदत हो गयी है

फ़ोन कहाँ रख दिया
खाना क्यूँ नहीं खाया
ज़रूरी ई-मेल्स* का वक़्त पर जवाब देना
मैं भूल जाता हूँ

याद ही नहीं रहता
घर फ़ोन करके अपना हाल-चाल बताना
काम कैसा चल रहा है, घर कब आऊँगा
दिन कैसा गया मेरा
इन सब मासूम सवालों का जवाब देना

स्कूल के पुराने दोस्तों को फ़ोन लगाकर चौंकाना
कुछ लोगों से शरारत करना
देर तक
किसी और की आवाज़ में बात करना
अपनों को अपना महसूस करने के मौक़े देना
मैं भूल जाता हूँ

दिमाग़ से निकल जाता है
हर घण्टे थोड़ा पानी पीते रहना

---

*Emails

मुसीबत के समय धीरज रखना
ज़्यादा सुनना
कम बोलना
अपने पसन्दीदा गाने को लगातार गाना
अच्छी चीज़ों को औरों से बाँटना
किसी के दुःख को समझना
किसी की ख़ुशी में शामिल होना
जल्दी सोना, जल्दी उठना
दिमाग़ से सब निकल जाता है

भाग-दौड़ में काम की
सुकून से दो पल साँस लेना
छोटों को लाड़, बड़ों को सम्मान देना
किसी से जो कुछ लिया तो वक़्त रहते लौटना
मैच का स्कोर*
जूते का नाप
अपनी लम्बाई
फ़ोन का नम्बर
और अकसर मुस्कुराना
मैं भूल जाता हूँ

मैं 23 का हूँ
और मुझे भूलने की आदत हो गयी है
कि जब इनसान छोटी-छोटी चीज़ों के लिए
वक़्त निकालना भूल जाता है
तब उसे ख़ुद से प्यार करना भी
याद नहीं रहता

---

*Score

माँ

परात के गेहूँ छानकर
जो भूख को परोसा करती है
अपने हाथों से एक-एक निवाला खिलाती है
वो ममता मेरी माँ कहलाती है

जो तकिए पर हर शाम
दूर देश की सैर कराती है
ख़ुदा को अपना दोस्त और परियों को
अपनी सहेली बताती है
वो कहानी मेरी माँ कहलाती है

जिसने कई-कई रातें
अपनी नींदें खोकर मुझको सोते देखा
जो आयी दुनिया भूलकर
जब भी मुझको रोते देखा
जो सपनों को पंख
हौसलों को उड़ान देती है
जो अपनी हर दुआ में ख़ुदा से
मेरा ही ज़िक्र करती है
जो ख़ुदा है ख़ुदा इस जहाँ में मेरे लिए
वो दुनिया मेरी माँ कहलाती है

मायने

यहाँ चेहरों के बस यही मायने हैं
कि सब आईने–ही–आईने हैं
किसी में हू–ब–हू
मेरी उदासी की झड़ती बारिश है
किसी में बिल्कुल मेरी तरह
सुहानी ज़िन्दगी की उमड़ती ख़्वाहिश है

दो पल ठहरकर
किसी को एकटक देखूँ
तो उसके पीछे नज़र आती है
किरदारों की एक लम्बी फ़ौज
जो कोई कहानी सजा रहे हैं
कुछ तकलीफ़ में हैं
और कुछ बेवजह मौज मना रहे हैं
जो मेरे बायीं तरफ़ हैं
वो उसके दाहिने हैं
यहाँ चेहरों के बस यही मायने हैं
कि सब आईने–ही–आईने हैं

मातम

मुरझाये चेहरे लिए बैठे हैं
सिगरेट के कुछ टुकड़े
मजमा लगा है राखदानी के घर

सुना है रिपोर्ट आ गयी डॉक्टरों की
बदन में राख-ही-राख मिली है
खाँसी और बुख़ार के लक्षण भी पाये गये हैं

तपती रहती है सुबह-शाम ये राखदानी
वजह साफ़ है
बहुत कश भरती है
पूछो तो 'पैसिव स्मोकिंग'* का बहाना देती है
कहती है बस दो पफ़ लगाती है वो भी आख़िरी के
जलती सिगरेट जो कोई दे दे बिना मसले
तो मना भी तो नहीं किया जाता
मरना तो वैसे भी है ही एक दिन
सोचकर यही ख़याल खुश है

मालिक ने कहकर 'काली हो गयी है अन्दर से जैसे सड़ गयी हो'
फेंका है डस्टबिन में
अभी-अभी

---

*Passive smoking

माफ़ी

आज तुम्हें माफ़ करते हैं
उन सब नामों के लिए
जिनसे तुमने मुझे चिढ़ाया है
बेवजह
उन बातों के लिए
जो तुमने मेरी पीठ पीछे की हैं यक़ीनन मेरे बारे में
बातें जो बिल्कुल सच नहीं थीं
बस कुछ लोगों के मज़े के लिए कही गयीं
मेरा मज़ाक़ बनाने के लिए
आज तुम्हें माफ़ करते हैं

फिजूल की झड़प के लिए
तानों के लिए
मुझे अक्सर छोटा और अकेला महसूस कराने के लिए
मुझे अपनी आदत लगाकर
मुझे छोड़कर जाने के लिए
मुझे नाराज़ करने
और कभी ना मनाने के लिए
आज तुम्हें माफ़ करते हैं

यूँ तो शिकवे थे हमें
कई आदतों से तुम्हारी
लापरवाही से

बेवफ़ाई से
नवाबी से तुम्हारी
ख़राबी से तुम्हारी
बेचैन होकर ख़ुद
औरों को सताने की आदत भी बुरी है तुम्हारी
उस बेचैनी के लिए
हर नादानी के लिए
आज तुम्हें माफ़ करते हैं

वजह ?
वजह फिर कभी तलाश लेंगे
आज बस १०ष्करने का मन है
तो लो तुम्हें माफ़ करते हैं

उम्र के सारे...

उम्र के सारे खेल-खेल कर
बुरे-भले सब दर्द झेल कर
डूब-डूब कर, उभर-उभर कर
जीत-जीत कर, हार-हार कर
फ़ुर्सत की दो घड़ियों में
जब इस दिल ने साँस ली
जीवन की सचाई सारी जान ली
मान लिया कि कभी
ख़ुशियाँ बनकर लमहों को
गुदगुदाती है
कभी ग़मों की बाँह पकड़ लचकाती है
ज़िन्दगी कितना कुछ सिखाती है

सूनी-सहमी रातों में चाहा कि दिन आबाद रहे
कोई अपना
कोई पराया, दो क़दम तो साथ चले
कभी भीड़ में गुम हो जाता
कभी तनहाई का जश्न मनाता
मन ही ये मन को समझाता
कभी पल-भर में
मंज़िलों तक पहुँचाती है
कभी एक ही मोड़ सौ दफ़ा दोहराती है
ये ज़िन्दगी है
और ज़िन्दगी कितना कुछ सिखाती है

मेरा हुनर

ना गिला तुमसे रखा कोई
ना कभी कोई शिकायत की
सज़ा देने का हुनर मैं भी जानता हूँ

ख़त

मैंने तुमको जो ख़त लिखा था
शायद तुमको मिला नहीं
ख़ैर मेरी इस हार का मुझको
फिर से कोई गिला नहीं

लिखा था तुमको मैंने
फिर से माफ़ी माँग रहा हूँ
खो कर तुमको खोया ख़ुद को
धीरे-धीरे जान रहा हूँ
बारिशों में बहती है अब
तेरे बालों की ख़ुशबू
ख़त में लिख कर भेजा था
सपने में कल फिर आया था तू

माना थोड़ी गलतियाँ
गुज़री अपनी राहों से
मिले नहीं क़दम मेरे
कभी तुम्हारे पाँवों से
फिर भी तनहा दिल देखो
आस लगाये बैठा है
दिल मिल जाएँगे इक दिन
अकसर मुझसे कहता है

कितनी हैरत की बात है देखो
अजनबी जब हम दो साये थे
ख़ुशी-ख़ुशी बिना झिझक
एक दूजे ने अपनाये थे
जान गये जब रिश्ते-रस्में
भूल गये सब वादे-क़समें
जीते कभी जो इश्क़ की बाजी जग से
कहते हैं ये जंग नहीं अब बस में

ख़ैर मैं एक और ख़त
लगभग पूरा लिख चुका हूँ
उम्मीदों के डाकख़ाने में
ख़ामोश खड़ा वहीं रुका हूँ
जहाँ से शायद ख़बर मेरी
सज-धज कर तुम तक पहुँचेगी
और मायूस मुसाफ़िर सी
मंज़िल से मिले बिना घर लौटेगी

इक काग़ज़ के टुकड़े पर पिघलाकर
दिल अपना
मरता है कोई कितना
अगर समझना हो तो इस बारी
तुम भी मुझको ख़त लिखना

मुझे वक़्त लगता है

मुझे वक़्त लगता है
बात कहने में
साथ चलने में
चुप रहने में
कह देने में
मुझे वक़्त लगता है

रगों से दौड़ती ख़ुशी जब
सीने को पिघलाकर
चढ़ती है दिमाग़ पर
तो सब
कुछ पलों के लिए सुन्न होता है
लब घबराकर
हड़बड़ाहट में
सख़्त किसी जेलर की तरह
लफ़्ज़ों पर निगरानी रखते हैं
गले की तह तक जाकर आवाज़ ढूँढ़ना
शब्द के साथ बाँधकर परोसने में
मुझे वक़्त लगता है

मुझे वक़्त लगता है
अपने दिल की गहराई महसूस करने में
मुझे वक़्त लगता है

अपनों की तन्हाई दूर करने में
भूलने में, याद रखने में
खिलकर मुरझाने, मुरझाकर खिलने में
अकेले रास्ते पर अकेले चलने में
नये माहौल में ढलने में
ये सब समेटकर तुमसे बाँटने में
मुझे वक़्त लगता है
''आपके वक़्त में से कुछ वक़्त चाहिए''
ये वक़्त माँगने में भी
मुझे वक़्त लगता है

कितने रिश्ते

कितने रिश्ते सींचे तुमने
मुझसे पहले
कितने रिश्तों को खोकर तुमने
मुझको पाया
छोटी-छोटी बातों पर बिगड़ते हो बेहिसाब तुम
कितने रिश्तों ने मुझसे पहले
तुमको ये समझाया

और अगर तुमको एतराज़ है
मेरे रूठ जाने से
तो मैं भी कहाँ ख़ुश हूँ
तुम्हारे सताने से
कितनी बाँहों को थामने में
हाथ तुम्हारे कमज़ोर पड़ गये
कितने रिश्तों की नज़रों में
तुम बहुत नीचे गिर गये

कितने रिश्तों ने माफ़ करने की बजाये
ठीक समझा तुमसे माफ़ी माँगना
कितने रिश्तों को लगा नींद से बेहतर
होगा तुम्हारे संग जागना
कितने रिश्तों की क्लास में
नाकामयाब होकर तुम

आये हो इस रिश्ते को आज़माने की ख़ातिर
इस एक रिश्ते को थामते हो
कितने रिश्ते भूल जाने की ख़ातिर

मैं भी तुम्हारे रिश्तों की तादाद में
जब एक रिश्ता हो जाऊँगी
शायद खोए हुए सब रिश्तों की
कीमत समझ जाऊँगी

मुस्कुराहट

उसके चेहरे की हर एक झुर्री
दफ़नाई हुई मुस्कुराहटों की परछाई है

बेटे के पैदा होते ही
उसकी बीवी चल बसी
बच्चे की देख-भाल के चक्कर में
नौकरी भी हाथ से निकल गयी
दिन भर तसलों की छाँव में
उसने शहर की इमारतों के साथ-साथ
बेटे को भी बड़ा किया
और हर रात चूल्हे में साँसें फूँकते हुए
बेटे की भूख का अगली रात में तबादला किया

पढ़ाई के लिए निकाले क़र्ज को चुकाते-चुकाते
पैरों के छाले भी अपने से हो गये
ग़रीब आदमी कहाँ तक पराया समझे तकलीफ़ों को
जितने दर्द मिले सब अपने हो गये

बेटे की शादी करनी है
जल्द ही ये सपना बुलन्द हो गया
और मेहर देखो रब की
अगले फागुन बेटे का ब्याह भी हो गया
शादी के शोर-शराबे से बाहर निकलकर

अब अहसास हुआ बहु घर आयी है
बूढ़े आदमी की ज़िम्मेदारियों ने
आराम फ़रमाने की इच्छा जतायी है

तनकर खड़ा फ़ोटोग्राफ़र 'चीज़' कहता है
अचानक वो बूढ़ा खाँस देता है
बेटा करता है शिकायत
'पापा शोर कम मचाइए खाँसना हो गया हो तो प्लीज़ मुस्कुराइए'

धीरे-धीरे दाँतों में से
किसी क़ैदी की तरह
बरसों से बन्द मुस्कान बाहर निकलती है
आते-आते जाती है
जाते-जाते आती है
फ़्रेम में खड़े बूढ़े जनाब जैसे ही नये फूल से खिलते हैं
बहु नाक सिकोड़े कहती है
'रहने दीजिए पापा! आप हँसते हुए अच्छे नहीं लगते हैं'

मेरा सवाल उलझा हुआ सही

मेरा सवाल उलझा हुआ सही तू सुलझा मुझको जवाब दे
तूने मुझसे ये क्यूँ कहा कि प्यार है तो हिसाब दे

ये सच्चे दिल का टूटना आँधियों का हुजूम था
तूने रात कैसे सौंप दी मेरे बोलते ही ख़्वाब दे

हर मोड़ पर कई फ़ै सले साथ हमने किये मगर
हुआ क्या मेरी जान वो कि तू हँसी के बदले मलाल दे

तुझे याद दिल करे बहुत रात भर रोया करे
क्या करूँ बताकर तू फिर काँधे पर सिर उतार दे

मैंने सोच लिया है

मैंने सोच लिया है
मैं अब तुमसे नहीं लड़ूँगा
ना ही नाराज़गी जताऊँगा
ना आवाज़ उठाऊँगा
ना आवाज़ दबाऊँगा
मैं अब तुमसे नहीं लड़ूँगा
मुझे डर है मैं तुम्हें खो दूँगा

मुझे अफ़सोस है
कि हमारी नोंक-झोंक अब
बहस में तब्दील हो रही है
और इस बात के दो ही मतलब हैं
या तो उलझकर इस कशमकश में
हम अपने-अपने रास्ते चले जाएँगे
या फिर जंग होगी
जिसमें दिल तो टूटेंगे ही
रूह भी घायल होगी
जीतेगा जो भी
हारेंगे दोनों
और मैं ज़्यादा तकलीफ़ में रहूँगा
मैंने सोच लिया है
मैं अब तुमसे नहीं लड़ूँगा

मैं जानता हूँ
रूठने-मनाने का जो सिलसिला था
वो भी ख़त्म हो जायेगा
पर मैं डरता हूँ अगर इस बार रूठने पर
जो तुमको नहीं मना पाऊँगा
तो यक़ीनन मैं ख़ुद से रूठ जाऊँगा

मानो तुम घर हो जिसमें बसता हूँ मैं
क़ैद हूँ तुममें
तुमसे दूर कहाँ जाऊँगा
डरता हूँ
बहस की चिंगारी सुलगेगी घर में जिस दिन
घर ख़ाक होगा और सबसे पहले मैं मरूँगा
मैंने सोच लिया है अब मैं तुमसे नहीं लड़ूँगा

मोहब्बत का पेड़

मेरी तरफ़ देखकर तुमने
जैसे ही मुस्कुराया था
दिल की ज़मीन पर एक
बीज बोया तुमने

बात छिड़ी
लफ़्ज़ निकले तुम्हारे लबों से
तो यक़ीनन एक अंकुर फूटा
लफ़्ज़ वो भी उर्दू के इत्र में भीगे हुए
जड़ें जो निकली थीं
मज़बूत हो गयीं सब

पसन्द-नापसन्द की टहनियों पर
घण्टों, दिनों, महीनों की पत्तियाँ बढ़ने लगीं
और फिर तुम्हें एक दिन
चूमकर मैंने रिश्ते का फूल खिलाया

शादी की बारिश ने सींचा
नाज़ुक से कच्चे-कमज़ोर सिरों को
और देखते-ही-देखते
दो बच्चों के फल लग गये मीठे से

मैं उम्र के इस मोड़ पर आकर

देख रहा हूँ
बूझ रहा हूँ
समझ रहा हूँ
ये तना अब कितना मज़बूत हो गया है
बाजुओं से क़दमों तक
इसका हर क़तरा भर गया है

तू अजब है, बेमिसाल है
क्या ख़ूब तेरा हुनर है
मेरे दिल की बंजर ज़मीन को
तूने कितना हसीन बनाया है
साल-दर-साल बड़ी सफ़ाई से
इस पर मोहब्बत का पेड़ उगाया है

यक़ीन

तुमने दामन में
अपने सुनहरे दुपट्टे के नीचे
उसकी तस्वीर छुपायी होती
तो यक़ीन होता
वरना यूँ तो रोती हैं बहुत-सी आँखें तन्हाई में

तुमने नाज़ुक-सी कलाई पर
चूड़ियों के घूँघट के पीछे
नाम अगर गुदवाया होता उसका
हरी सियाही में
तो यक़ीन होता
वरना तो हाथ छूट जाते हैं बहुत से
ज़माने की रुसवाई में

तुमने अगर उससे अलग रहकर भी
उसे चाहा होता दिन-रात
ताका होता अकेले बैठकर चाँद
उसकी याद में
तो यक़ीन होता
वरना यूँ तो समा जाते हैं
कई रिश्ते वक़्त की खाई में

तुमने इश्क़ किया होगा साँचा पर क्या करें
महँगा पड़ा बहुत सौदाई में

ये किस मौसम का इश्क़ है ?

ये किस मौसम का इश्क़ है ?

ना आँख मिली, ना हाथ पकड़ा
ना साँस चढ़ी, ना हुआ झगड़ा
ना भीगे दोनों ही बरसात में
ना जागे संग किसी रात में
होती छतरी किसी एक ही के पास
तो होती ख़बर
क्या हो कहानी के अंजाम में

ना उसने पोंछा दुपट्टे से माथा गीला
ना शिकायत की है सर्द-सर्द लम्हा

मुमकिन है हम पहले कहीं मिले हों
हमें इक-दूसरे से काग़ज़ी गिले हों
करवट बदलकर पलकें ख़ुद को बहला रही हैं
जो हुआ नहीं उसकी यादें दिल को सहला रही हैं

ये किस मौसम का इश्क़ है ?

पतवार

उसने अपने हाथ
पानी को दे दिये

कुछ मुसाफ़िरों को
इक किनारे से दूसरे किनारे पर
उतारने के लिए
लहरों को साहिल पर
अपना घर बसाने के लिए
किसी के सताने पर किसी के
मुस्कुराने के लिए
उसने अपने हाथ
पानी को दे दिये

वो पानी चाहता है
उसे बहुत
बहुत शिद्दत से मोहब्बत करता है
थाम लेता है उसकी बाँह
जब भी वो पानी में हाथ डुबोता है
छोड़ती नहीं कलाई एक भी लहर
ये प्यार देखकर उसने
अपने हाथ पानी को दे दिये

आख़िरी साँस जब लेगा अपने हिस्से की

आख़िरी झगड़ा जब ख़त्म करेगा
तो कलाई धीरे-धीरे पानी में घुलती हुई
हाथ को खा जायेगी
और यही पानी समा लेगा उसकी राख को भी
तब पता चलेगा कि प्यार पूरा हुआ है

वो दोनो मिलेंगे
किसी दूसरे जन्म में कहीं
और उसे यक़ीन हो जायेगा
कि उसने
अपने हाथ
अपना मन
अपना तन
पानी को दे दिया

दुनिया से दंग हैं

जहाँ चहका करते थे बच्चे गलियों में
वहाँ अब चिड़िया भी घोंसलों से नहीं निकलतीं
है दहशत इस क़दर फैली हुई
कि लोगों की आँख तक नहीं झपकती
ये हालात कहो किस बात का निशान है
इनसानों की दुनिया है
और ख़तरे में इनसान है

अज़ान की आवाज़, घण्टियों की गूँज सुनायी नहीं देती
कहाँ गया मौलवी मस्जिद का,
पुजारी की कोई ख़बर नहीं मिलती
ढूँढ़ने निकला तो नज़ारा बड़ा संगीन था
घायल था पुजारी और मौलवी ग़मगीन था
कैसे मदद माँगें ख़ुदा से ?
मन्दिरों–मस्जिदों में ही धमाके होने लगे हैं
क़ौम के लिए लड़ने वाले धर्म खोने लगे हैं

बन जाओ इस युग के अर्जुन
अपना धनुष निकालो
सज गया विश्व का युद्धस्थल अपनी कमान सँभालो

वक़्त की सरहद

वक़्त की सरहद पर
कितने ही लोग शहीद होते हैं
आँसुओं से लिपटी आँखें
बदन से बहता पसीना
माथे की सिलवटें
आदमी कैसे तड़प-तड़प के ख़ाक होता है

वक़्त की सरहद पर
घण्टों की तानाशाही
मिनटों के हाथ क्या लगी
सैकड़ों की सल्तनत को लूटने
हर ओर से इनसान चला आ रहा है
कई तो लौट ही नहीं पाये
वापस अपने मुल्क
अपने फ़ायदे के लिये रची गयी
वक़्त की सरहद
अब श्मशान हो गयी है सुकून की

मुम्बई

ये धुन्ध-सा जो शहर है
जो आज है, जो कल नहीं
ये शहर जिसमें वक़्त है फँसा हुआ
जिसके रास्तों की खाई में
आदमी बेवजह है धँसा हुआ
ये शहर जिसमें होकर लगता है
इसके चंगुल से बचना मुश्किल है
ये शहर जिसमें कारवाँ नहीं है
पर काफ़िर है

मुसाफ़िर बनकर इस शहर से अगर ज़रा
ऊपर उठा जाये
तो देखने को मिलता है एक
दिलचस्प नज़ारा
ये शहर भागता-दौड़ता शहर
बेजान इमारतों से गुज़रते हुए
पानी और पहाड़ों के मलबों में
तब्दील हो जाता है
ऐसा लगता है जैसे समन्दर के नीचे समा गया हो
खोखले इतिहास का ताज़ा मज़बूत हिस्सा हो

इस समन्दर में समाये शहर से जब
बादल की लहरें गुज़रती हैं

तो यक़ीन होता है
ये शहर ख़ुद उबरने की कोशिश कर रहा है
और इस जद्दोज़हद में
हर आदमी की बाँहें पकड़ उसे खींच रहा है
इसीलिए शहर उबर रहा है
आदमी डूब रहे हैं

वापसी

वो घर अच्छा था जिसमें पैदा हुए थे
वो गोद ममता से भरी थी
सपनों की थपकियाँ देती थी

वो रास्ता अच्छा था
मंज़िल की फ़िक्र नहीं रखता था
आँगन में गोल-गोल घूमता था
पर उस छत के नीचे
उस रास्ते से गुजरकर
उस गोद में
अब लौटना मुमकिन नहीं

बहाना कह लीजिए, पर काम बहुत है
शहर में सुबह कम, शाम बहुत है
डूबने के सिलसिले में सिसकियाँ उबलती हैं
फैक्टरी में मशीनें बनती हैं
और ज़िन्दगी उभड़ती है

आये दिन ज़रूरी नुक़सानों की
फ़ेहरिस्त बढ़ती जाती है
बिल चुकाने में पैसों के साथ-साथ
उम्र भी ख़र्च हो जाती है

वो सौदा अच्छा था
जहाँ चुप बैठने पर टॉफियाँ मिलती थीं
शरारत करने पर डाँट के बाद
गरमा-गरम रोटियाँ मिलती थीं
वो बरामदा अच्छा था
जहाँ दादी मेरी सर्दियों से महीनों पहले
एक स्वेटर मेरे नाप का बुनती थी
पर उस स्वेटर की छाती, बाजू, बिलास्त के लिए घड़ी-घड़ी रुकना
अब मुमकिन नहीं है

प्रमोशन की अफ़वाह है ऑफ़िस में
पद-क़द सब बढ़ जायेगा
मुसीबतें जितनी लेकर निकले थे
उनका हिसाब बराबर हो जायेगा

शादी

बादल का सेहरा है
चूनर आसमानी है
चंचल नदी की छम-छम
पायल-सी बाँधी है
खिले-खिले फूलों से
सजी-धजी वादी है
पहाड़ों का मण्डप है
पेड़ों की शादी है

गूँजा कोहरा गानों से
सरके जो झरने मकानों से
घोले हवा ने बोल कई
मीठे-मीठे कानों में
हल्दी के बाँध धूप से
धुन्ध घूँघट ज़रा उठाती है
पहाड़ों का मण्डप है
पेड़ों की शादी है

वो लम्हा

वो लम्हा जो तुमने दे दिया किसी को
वो ना लौटेगा तुम्हारे बुलाने से
ना मेरे चाहने से
वक़्त की कलम से कितना कुछ लिख गया है
वो या तो खो गया है
या बिक गया है
वो लम्हा जो तुमने दे दिया किसी को

वो लम्हा चाहता तो दूरियाँ मिटा सकता था
अहसास ना सही कम-से-कम आरज़ू जगा सकता था
ख़ैर जो उसकी फ़ितरत थी
उसमें शरारत थी
हाथों से फिसल जाना वक़्त की पुरानी आदत थी
वो रूठा भी नहीं था
जो मान जाता मेरे या तेरे मनाने से
वो लम्हा जो तुमने दे दिया किसी को
वो ना लौटेगा तुम्हारे बुलाने से
ना मेरे चाहने से

वो लम्हा याद बन जायेगा
रह-रहकर याद आयेगा
लायेगा हँसी होंठों पर
तो आँसू भी लायेगा

वो लम्हा यक़ीनन जख़्म बन जायेगा
तुम कहते हो तुमने दे दिया
पर जिसको दिया उसके पास अब तक नहीं पहुँचा
वो कहता है उसने वापस कर दिया
पर वो लम्हा मेरा अब तक घर नहीं लौटा
मैं जानता हूँ वो लम्हा ठहरा हुआ है
हम दोनों के बीच बहाने से
वो लम्हा जो तुमने दे दिया किसी को

हमने साथ ही

साथ ही शुरू की थी हमने
ज़िन्दगी उनके साथ
रोते-रोते दिन गुज़ारे
छटपटाते हुए हाथ
लुढ़क-लुढ़ककर सीखा सरकना
सरक-सरककर चलना
फिर वो हमसे कैसे आगे निकल गये हैं
जाने कौन से रास्तों से होकर गुज़र गये हैं

दो पल के लिए ही मेरी नज़र हटी
और हम दोनों की राहें इस क़दर बँटीं
उन्हें अख़बारों की सुर्खियों में पाया
और मेरे पीछे था बस मेरा साया

मेरे कन्धों पर शॉल बुढ़ापे का निशान है
उनके कन्धों पर चढ़ती है तो सम्मान है
जाने उनकी मेहनत कर गयी कमाल
या फिर लग गयी उन्हें किसी की दुआ
हमने साथ ही तो किया था शुरू सफ़र
फिर जाने क्या हुआ?

शैतानी

चुपके से आया वो
तेरी बाली को पहले हिलाया
दुपट्टा तेरा अपने हाथों में लेकर
दूर तक उड़ाया

गालों पर लटों को छोड़कर
किया परेशान भी
अपने ठण्डे बदन से तेरे लबों को छूकर
लाया चेहरे पर मुस्कान भी

डोलते-डोलते तुझ पर
जादू-सा कर गया है
कहने को तो बस हवा का झोंका था
पर तुझे किस क़दर छेड़कर गया है

365 दिन

फिर से साल के 365 दिन
बिना तुम्हारे निकल गये हैं
वक़्त की गहरी खाई में
बारह महीने फिसल गये हैं

होते हैं इक अकेले इंसान को कितने काम
आओगे तो जानोगे
ख़ाली घर काटने को आता है
मेरा यक़ीन कब मानोगे ?

तुम होते तो कहती तुमसे
छत से बारिश उतार लाओ
आँगन में धूप बिछाओ
कमरे की दीवारों को हवा लगा दो
सीलन चढ़ गयी है घड़ी को
मरम्मत करवा दो ?

झाड़ दो खिड़की की धूल
मुँडेरों को सींच दो
चुभता है तहख़ाने का अँधेरा
मेरे लिए आँखें मींच दो
हो सके अगर तो चाँद की आँखें ढक देना
या बहाना नया बनाके कोई

मुझको फिर से ख़त लिखना
मैं ख़त के पन्ने पलट–पलटकर
फिर से सारे दिन गिनूँगी
गुज़र गया है एक और साल तुम्हारे बिन
सोचके तुमको याद करूँगी

माहौल

एक पतले से स्टूल पर बैठकर
एक लम्बे से माइक के आगे
एक सुन्दर-सा गिटार हाथ में लेकर
किसी ने कुछ यूँ कहा
जैसे समेट लिए हों रात के
सारे तारे
हथेली में
सूरज की धूप को
तिनकों की तरह बीन दिया हो
मसलकर देखी हो गुलमोहर की ख़ुशबू
इमली का स्वाद ज़ुबान को पहली बार
मुनासिब करवाया हो
जैसे ख़त्म कर दिये हों
सारे जहाँ के झगड़े
किसी अपने को बड़ी देर तक
गले लगाया हो
मेरी उलझनों को बाँधकर
फेंका हो
दूर मुझसे
हँसी का जाम मेरी तरफ़ बढ़ाया हो

नज़र उठाकर
टेबल से ऊपर की तरफ़ देखा
तो गौरी गा रही थी

सीख

मैं सालों से घरोंदे बनाता रहा रेत पर
और लहरें आकर मस्ती में
उजाड़ देतीं उन्हें
सागर ने सिखाया वो फ़लसफ़ा हसीं
कि लहरों से ख़फ़ा ना हो
जो तबाह आशियाना तेरा करें
बल्कि तारीफ़ कर उस रेत की
जो देती है हर बार घरौंदा बनाने का हौसला तुझे

मैं सावन में अरसों से पतंग अपनी उड़ाता था
छत पर होकर तैयार माँजे-चरखी के साथ
जंग लड़ने जाता था
कमबख़्त हवा हर बार धोखा दिया करती
मेरी पतंग को काटकर
दूसरों की छत पर पहुँचा देती
आसमान ने लगायी ज़ोर से आवाज़ और मुझे समझाया
ना हो ख़फ़ा उस हवा से
जिसने तेरी पतंग को ग़ैरों के पास पहुँचाया
तारीफ़ कर उस डोर की
जिसने कट-कटकर भी हज़ारों बार
तेरी हर पतंग के साथ
फिर से
एक नया रिश्ता बनाया

रूह का चेहरा

नज़्म उधार नहीं माँगती
क़र्ज़ उतारती है
बिना अहसान जताए
जज़्बात उधड़ जाएँ तो सी देती है
ख़ामोशी मिटाने का हुनर जानती है
आँसू पोंछने का भी
अगर रूह का कोई चेहरा होता
तो वो बिल्कुल किसी मासूम नज़्म-सी दिखायी देती

हिसाब

ये लम्हा जो हमने
साथ जी लिया है
वो अब याद बन गया है

तुम कहती हो
तुम सब छोड़ना चाहती हो
वो लम्हा भूलना चाहती हो
ये मुमकिन तो नहीं
पर चलो कोशिश करते हैं
गहरी साँसों में सने
कुछ अहम फ़ैसले करते हैं
आपसी सहमति से
बँटवारा करते हैं
आधी-आधी उस लम्हे की
हर चीज़ बाँट लेते हैं

तुम क्या लेना पसन्द करोगी?
वो हिस्सा जिसमें
मैंने नादानियों से तुम्हें हँसाया था?
या वो क़तरा जिसमें
सुनकर मेरी दास्ताँ तुमने आँसू बहाया था?
तुम चाहो तो वो सन्नाटा तुम्हें दे दूँ
जो हमारे दरमियाँ जलता-बुझता रहा है

मेरे लिए छोड़ दो अपनी पलकों की करवटें
तुम चाहो तो ले जाओ
सपने जो बुन रहे थे हम
और वो लाल रंग मैं रख लेता हूँ
जो अक्सर ओढ़ती थी तुम मुझसे मिलते हुए

पर सोचता हूँ
एक लम्हे को बाँटना ठीक ना होगा
मेरे पास, तुम्हारे हिस्से जो भी आयेगा
वो बराबर ना होगा
कुछ ख़ुशियाँ बढ़ जाएँगी
कुछ कम हो जाएँगे ग़म
एक लम्हे को नाप-तौलकर
नहीं बाँट सकते हम
तो चलो एक लम्हा और संग जीते हैं
इस रिश्ते का उसमें सही हिसाब करते हैं
फिर एक लम्हा तुम ले जाना
एक मैं रख लूँगा

फ़ायदा किसका हुआ नहीं जानता
ना ही ये कि कौन कितना ले गया
हाँ, मगर मालूम है
कि उस एक लम्हे को बाँटने के वास्ते
तुम्हारे साथ जीने को
एक लम्हा और मिल गया

हक़ीक़त के पिंजरों से

हक़ीक़त के पिंजरों से
ख़्वाबों को आज़ाद कीजिए
किसी गुमनाम शहर को ख़ुद में
आज फिर मशहूर कीजिए
क्या पता उम्मीदों को आँखों में जगह मिल जाये
क़िस्मत के माथे पर
हौसलों की पगड़ी सजा दीजिए

आज़ाद करने को सपने कितने पड़े हैं
खोलने को हैं कई बन्द दरवाज़े
तोड़ने को दीवारें हैं हज़ारों
और रंगने को फीके कई चेहरे

तो हो जिससे मोहब्बत
उसका हाथ थाम लीजिए
क्या पता रुकी हुई हर साँस चल जाये
गमों को भूल कर मुस्कुराइए ज़रा
कहीं ऐसा ना हो
होंठों को जंग लग जाये

हवा की डिबिया में

हवा की डिबिया में
कई साँसें भर दी हैं
वक़्त-बे-वक़्त जब भी दिल ज़ोरों से धड़कने लगेगा
एक-एक करके ले लिया करेंगे

ऐसी ही कई डिबियाँ
कर दी हैं तैयार
मुस्कुराहटों की
ख़्वाहिशों की
मोहब्बत की
नसीहतों की

बस रह गया है तो लिखना
पता उन पर
कि किसको कहाँ भेजना है
और उस पते को ढूँढ़ते हुए
मानो एक ज़माना बीत गया है

और अब जब मुट्ठी भर साँसें बची हैं
मेरे पास
पता अपना ही लिखना था हर डिब्बी पर
इस बात का हुआ अहसास

हक़

मौत को हासिल शब्द से चिढ़ है
इतना तो मैं समझ गया हूँ

पहले से अपनी पहचान बता चुकी
किसी खुली किताब की तरह पसरी रहती है
लोग पन्ने पलटते हैं जब बेवजह ज़िन्दगी के
तो दिन ज़ाया करने का दोष मानकर
ताने देती है
उम्र भर साये की तरह साथ चलती है

मौत को निभाने पड़ते हैं कितने रीति-रिवाज़
दूर रहकर भी मोह नहीं छूटता उसका
एक दिन थककर किसी महबूब की तरह
उसे अपना प्यार पाना ही है
रूठी हुई रूह को मनाकर
घर वापस ले जाना ही है

मौत को बेकार की बातों से नफ़रत है
मौत को इन्तज़ार से खीज उठती है
मौत को हासिल शब्द से ख़ासी चिढ़ है
क्यूँकि वो जानती है
अपनी रूह को हासिल करने में
उसे एक उम्र लग जाती है

साहिल से दूर

ये जो कश्ती लेकर निकला है माँझी,
साहिल से दूर
इसकी आँखों की चमक बता रही है
आज खाली हाथ नहीं लौटेगा
हो कितनी भी तेज़ आँधी
कितना भी परेशान मौसम
ये अपनी मंज़िल ढूँढ़ लेगा
पायेगा, जो भी चाहिए इसे

लहरों को बाँधने का ख़्वाब लिए
यूँ तो पहले भी कई बार चला है ये
डूबते सूरज को ज़रा देर से पानी में
सरकते देख समझा
भला आदमी है ये
भूला दिशा तो हवा ने
खुस-फुसाकर कानों में
बताया रास्ता आगे का

पर सवाल ये है
कि आगे जाना कहाँ है?

बहती नदी के साथ मंज़िल को जोड़ना
मंज़िल के पास जाना है

या मंज़िल से दूर होना?
जो मक़सद आज था
वो कल नहीं होगा
जो यक़ीनन यहाँ था कुछ देर पहले
वो चन्द लम्हों में कहीं नहीं होगा

शहर का आदमी भी हर रोज़
निकलता है बाँधकर मंज़िल अपनी
वक़्त की नदी से
क्या पायेगा शाम ढलने तक
क्या खोयेगा
वो भी ना जाने किस तरह से

कुछ सिलसिलों में चाहत
मंज़िल की ख़त्म कर देनी चाहिए
ताकि जो ना सोचता हो दिल
इस सफ़र में वो भी पा सके

ये कश्ती लेकर जो निकला है माँझी,
साहिल से दूर
माना उसकी आँखों में चमक है
मुझे फिर भी उसकी बेहद फ़िक्र है
ये जो कश्ती लेकर निकला है माँझी,
साहिल से दूर

गॉल*

गरम छतों पर तेज़ी से
दौड़ता है सूरज
हर दीवार का अपना एक चेहरा है
गूँजते बाज़ारों में गॉल के
हर मुसाफ़िर का वक़्त ठहरा है
मैं चढ़कर दिन की मुँडेरों पर
हौले से शामों में सरकता हूँ
बलखाती सड़कों पर लहराते हुए
बेफ़िक्र
मुस्कुराता हूँ

चुसकियों में नये शहर को
चख़ने की आदत कहाँ बुरी है
जो खोया नहीं उसे ढूँढ़ने की हसरत
भी बहुत ज़रूरी है

---

*श्रीलंका का एक शहर

तारे और लहरें

छोटा था तो आसमान के
तारे गिनता था
बड़ा हुआ तो साहिल पर खड़ा
लहरें गिनता हूँ
मैं लाखों की भीड़ में
तन्हा रहना ख़ूब समझता हूँ

मैं जानता हूँ टूटकर बिखरने का अहसास
किसी के पास आकर
दूर जाने के बाद

मैंने रोशन सितारों को बुझा-बुझा
बुझता हुआ देखा है
मिट्टी के घरौंदे मिटाती
मचलती लहर से सीखा है
कि लोग होते हैं हज़ार सवाल जिनके अन्दर
तकते हैं
बेबसी में
कभी आसमान-कभी लहरों भरा समन्दर

उम्र का सिलसिला

ये उम्र का जो एक सिलसिला है
जो ना थम रहा है
ना घट रहा है
ये बुनता है जब भी मेरी कहानी
आता है इसकी आँखों में पानी
लाया है दिल तक कितने ही रिश्ते
रिश्ते जिन्हें चाहा नहीं फिर भी गँवाया है
रिश्ते जिन्हें पाने के लिए
हमने सब कुछ लुटाया है

है जैसे ऊन का गुच्छा
बँधा-बँधा है खुला नहीं है
या खुला-खुला है बँधा नहीं है
बुन जाये तो खिल जाये इसकी बुनावट
शायद बुझ जाये इसकी बढ़ती घबराहट

ये जो उतर रहा है वक़्त के हाथों से
मेहँदी की तरह
अच्छा भी है
और अच्छा नहीं भी
है इसकी महक-सा ना कोई कहीं भी
ये हर घड़ी, हर पहर एक नया फ़ैसला है
ये उम्र का जो एक सिलसिला है

जो ना थम रहा है
ना घट रहा है
ये बुनता है जब भी मेरी कहानी
आता है इसकी आँखों में पानी

तकलीफ़

कोलम्बो* के क्लॉक-इन के बाहर
एक पेड़ है
बीमार रहता है
जल्दी सोता है
देर से उठता है
सारा दिन ऊँघता रहता है

चेहरे पर ज़ाहिर है उसके
बाहर से खुश है अन्दर से नहीं
सोचता रहता है शायद
कि ज़िन्दगी यहाँ से दूर कहीं और होती
तो क्या होता
अपनी खुशी के दो फूल खिलाता
चार फल ढोता

आज से नाखुश
कल में डूबा हुआ
बाहर से बढ़ता
अन्दर सिकुड़ता हुआ
कोलम्बो के क्लॉक-इन** के बाहर
वाला वो पेड़
बीमार है
मेरी ही तरह

---

* कोलम्बो- Colombo (श्रीलंका की राजधानी)

** क्लॉक-इन- कोलम्बो में एक युवा हॉस्टल का नाम

जो बह रहा था

जो बह रहा था पानी नहीं था
वक़्त था
संग हमको लेकर चल रहा था

जो जल रहा था सूरज नहीं था
ख़्वाब था
बेहिसाब कब से दिल में मचल रहा था

जो ढल रहा था दिन नहीं था
गुमां था
जिसका वजूद अब मिट रहा था

ना जाने कब सुलगा वो सफ़र
जाने कब बुझ गया
मुश्किलें काँधे पर सँवार थी
फिर भी मैं ख़ुश रहा
नये नज़ारों ने साँसों को बाँधा है
तकलीफ़ों का होना ही
तजुरबों का इज़ाफ़ा है

तन्हाई

वो पलटकर सारे दिन
मेरे दफ़्तर की फ़ाइलों की तरह
पूछता है मैंने उसे
कब-कब चाहा है?

मैं याद करवाऊँ वो दिन जब
मैंने भरकर बाँहों में उसे
उसका मनपसन्द गीत गुनगुनाया हो
जब आँखों-ही-आँखों में
कोई लतीफ़ा सुनाया हो
मुझे दिखाने को कहता है वो लम्हा
जिसमें उसे बेतरतीब हँसाया हो

मैं कमरे की दाहिनी दीवार से लगी कुर्सी पर
बैठकर याद करता हूँ
आँखें बन्द करता हूँ
कई सालों की सुरंगों से होकर गुज़रता हूँ
रास्ते में जो भी याद आता है
बड़ा कड़वा स्वाद आता है

मैंने रिश्ता बनाया तो साथ उसके
मगर निभाई नहीं
छीन ली उसकी हर आरज़ू

अपनी एक भी गँवाई नहीं

मैं खोलकर आँखें
उसकी भीगी पलकों को देखता हूँ
एक गहरी साँस में भरकर
कुछ माफ़ियाँ उसके सामने रखता हूँ
मैं अपनी पलकों पर भी उसके आँसुओं की नमी
बड़ी देर तक महसूस करता हूँ

मैं फिर गुमराह हो जाऊँगा
मुनासिब है
मेरा दिल ये जानता है
कितना तन्हा होगा वो शख़्स
जो प्यार का हिसाब माँगता है

मुलाक़ात

क्या मानोगे तुम
कि देखा मैंने कल तुमको अपने पास

दूरियों का दर्द नहीं था दरमियाँ
ना मजबूरियाँ थीं
तुम्हारे बहानों की
ना बवण्डर तुम्हारे सवालों का
ना बारिश तुम्हारे एहसानों की

बस तुम थे पास मेरे
जैसे थे तुम
जब पहली बार तुमसे टकराई थी
जब तुम्हारी एक झलक के लिए मैंने
अपनी सारी हदें मिटाई थीं
जब तुम बात कम करते थे
सुनते ज़्यादा थे
जब मुझसे मिलने में नुक़सान कम थे
फ़ायदे ही फ़ायदे थे
जब तुमने करके एक वादा
लम्बी आस बँधाई थी
मेरे डर की सारी कश्तियाँ
बड़े यक़ीन से डुबाई थीं

क्या मानोगे तुम
कि जब कल देखा मैंने
तुमको अपने इतने पास
मैंने करवट लेकर
तुमसे मुँह मोड़ लिया

ज़िन्दगी फिर भी

अन्धाधुन्ध मुसीबतों से सना हुआ
संजीदा एक ग़म
ख़यालों में आज़ाद
शब्दों की गिरफ़्त में एक नज़्म
यादों की वीरान गली में
पीछा करता पुरानी पहचान का साया
एक खेल जिसमें जितना जीते हम
उससे कहीं ज़्यादा गँवाया
सख़्त हाथों और नरम दिलों
की कशमकश
झूठे दिलासों का तसव्वुर
एक चुभता हुआ सच
दबी-दबी सी मुस्कुराहटें
बेझिझक चीख़ता हुआ डर
बड़े खामखाँ इसके झगड़े
ज़िन्दगी फिर भी ख़ूबसूरत है मगर

बेनजीर मुसाफ़िरों का एक कारवाँ
रिश्तों से सराबोर इक रोशन जहाँ
लड़खड़ाते हुए हौसलों का हुजूम
जगमगाते ख़्वाबों की महफिल
किसी के लिए हर पहर आसान
किसी के लिए हर घड़ी मुश्किल

कुछ पाने की मुसलसल इक चाह
रंजिशों से बेख़बर इक गुनाह
ज़रा-सी मोहलत
ज़रा-सा इन्तज़ार
लबों पे ठहरी हुई
नादान इक फरियाद
सर से पाँवों तक है
पेचीदा सवालों में तर
निकाले हज़ार नुक्स
ज़िन्दगी फिर भी ख़ूबसूरत है मगर

□□